ANNA B

SILVIA

Elizabeth Espinosa

Editora InVerso

© 2023. Editora InVerso

R. Doutor Goulin, 1523 Alto da Glória
CEP 80040-280 Curitiba-PR
(41) 3254-1616 e (41) 3558-8001
editorainverso@editorainverso.com.br
www.editorainverso.com.br
Facebook.com/editorainverso
Instagram @editorainverso

COORDENAÇÃO EDITORIAL / EDITORA
Cristina Jones

REVISÃO
Willian Brendon Klopass Locks de Godoi

IMAGEM DE CAPA
Michael Podger/Unsplash

CAPA, PROJETO GRÁFICO E DIREÇÃO DE ARTE
Adriane Baldini

DADOS INTERNACIONAIS DE CATALOGAÇÃO NA PUBLICAÇÃO (CIP)
MONA YOUSSEF HAMMOUD – CRB/9ª.1393

E489a
ESPINOSA, Elizabeth. **Anna e Silvia.**
Curitiba. Ed. InVerso, 2023
196 p. 15 cm x 21 cm PTBR
ISBN: 978-85-5540-319-4

---

1. Romance. 2. Relacionamentos. 3. Protagonismo feminino.
4. Vivências. 5. Família. 6. Abuso Psicológico. I.Título

CDD: 869.3

ROMANCE: 869.3
RELACIONAMENTOS: 372
FAMÍLIA: 158.3

Às mulheres que se dividem, se multiplicam, se expandem, se implodem, mas não deixam a peteca cair!

Às primeiras pessoas que leram para opinar, achar erros e mentir, talvez, que gostaram:

Mary G. Barbosa, sobrinha e

Tony Alexandre, colega de escrita.

PRÓLOGO

Conheci Silvia há cinco anos, no outono de 2012, quando precisei de fisioterapia por alguns meses. Achava-a linda, mesmo despojada de vaidades físicas, já que nunca a vi maquiada, perfumada, com cabelos de salão, roupas finas, sapato alto. Não, nada disso. Por sob o jaleco branco, calça jeans, blusão ou camiseta. Calçados baixos, muitas vezes tênis. Cabelos loiros e curtos, olhos azuis turquesa, dentes bonitos, pele clara, por vezes, dourada do sol. Ela transparecia alegria, mesmo nos dias em que o azul dos olhos escondia tristezas.

Como morávamos para o mesmo lado da cidade, algumas vezes dei-lhe carona na volta para casa e, então, fiquei sabendo o que lhe acontecia até aquele momento. Senti vontade de escrever sua história, não porque fosse excepcional, mas por ser a mesma vivida por muitas mulheres em todos os cantos do mundo, nas favelas ou nos palácios, nas vilas ou nas cidades grandes. Doutoras ou analfabetas, sinto que quase todas vivem, em algum período de suas vidas, momentos como aqueles que Silvia enfrentava. Barreiras que precisam ser transpostas ou nós que precisam ser desatados para que a vida continue.

O interessante é que enquanto escrevia a história de Silvia, a minha própria tomou um rumo inesperado. E eu também precisei desatar os meus nós.

Cinco anos se passaram e somente agora retomo a história de Silvia, mesclando-a com a minha. Apesar do pouco tempo passado, muita coisa mudou na tecnologia do mundo. Em 2012, quando se passam as duas histórias, a internet 4G não tinha chegado ao Brasil, portanto não existiam os *smartphones* nem os transportes por aplicativos e nem as mensagens por *WhatsApp*. O aparelho celular servia apenas para ligações e nem todas as pessoas tinham o seu próprio. Os telefones fixos e os videogames ainda eram comuns. Os processos judiciais eram físicos e não eletrônicos como agora.

Sinto que apesar da evolução rápida na tecnologia do mundo, nos relacionamentos humanos ainda engatinhamos. Mal conhecemos a nós próprios, não entendemos o que se passa com o outro e nem sabemos se queremos entender. E, enquanto somos assim, muitas histórias precisam ser contadas. A vida de cada pessoa dá um belo romance. Um dia na vida de uma pessoa pode ser uma boa história.

Curitiba, dezembro de 2017

Anna Maria Almeida de Carvalho

Aquele era um dia decisivo na vida de Silvia, embora ela não soubesse disso. Para o bem ou para o mal, parece que algumas mudanças na vida da gente acontecem quando, num determinado dia ou instante, mudamos um hábito, saímos da rotina, entramos numa rua diferente. E isto pode nos levar a um encontro de amor ou a um encontro com a morte. Assim como pode não acontecer nada demais.

Enquanto atendia o último paciente, Silvia alternava o olhar entre o relógio de parede e o relógio de pulso. E pensava que dali a pouco enfrentaria mais uma volta desastrosa para casa. Mais um telefonema mal humorado do marido, mais uma carona com Raul de cara amarrada.

Quando ele ligou para o telefone da clínica dizendo que ela fosse para o estacionamento, Silvia pediu para a colega Patricia terminar o atendimento. Tirou o jaleco, foi ao banheiro, pegou a bolsa, se despediu das colegas e saiu apressada. Caminhou o mais rápido que pôde até o estacionamento que ficava a três quadras dali. De longe avistou o carro dele e, apesar de ofegante, acelerou o passo. No entanto, Raul não tinha chegado.

Ela se recostou no carro, fechou os olhos e aguardou por alguns minutos antes de olhar as horas. Ah, se não fosse aquele acidente há dez meses! Se não tivesse ficado traumatizada, poderia ter comprado outro carro e, agora, não dependeria todos os dias daquela carona insólita. Foi numa curva, um segundo de distração, perdeu o controle do carro e bateu numa árvore. O carro por pouco não se partiu ao meio. Sim, ela sabia de sua culpa, desatenção, inexperiência. E, se não soubesse, o marido se encarregara de lhe dizer todos os dias com os olhares escuros e apertados, com as frases mal terminadas num tom de escárnio que Silvia não conseguia digerir em todos aqueles meses.

Esperou mais cinco minutos e como ele não aparecesse, decidiu subir até o décimo quinto andar onde ficavam os escritórios dele e do sócio. Fazia quanto tempo que não via o pessoal que trabalhava com ele? Pelo menos um ano. Seria bom encontrar Raul num campo neutro, depois da briga que tiveram dentro do carro, na volta pra casa, um dia antes. Enquanto caminhava em direção ao elevador, lembrou-se da discussão do dia anterior.

Ela já o aguardava há mais ou menos dez minutos quando ele surgiu apressado:

— Olá, faz tempo que chegou? — perguntou ele ao mesmo tempo em que lhe dava um beijo árido e jogava a pilha de pastas no banco de trás.

— Oi, tudo bem? — Silvia respondeu entrando no carro e olhando-o de canto.

— Ah, nem me fale, tô acabado. A minha vontade é de tomar um banho e não fazer mais nada — resmungou Raul.

— Ótimo. Faça isso mesmo.

— Tenho vontade, mas não posso. Preciso preparar uma defesa complicada para amanhã — ele respondeu, fazendo um movimento nervoso com a cabeça, como se estivesse com dor na nuca e no pescoço, enquanto manobrava o carro para sair da garagem e entrar na rua movimentada. Quando conseguiu uma brecha no fluxo agitado, e ainda pior naquele horário, continuou:

— A gente sai da sala de audiências com a cabeça cheia de história, todo dia é a mesma lenga-lenga. Reclamante aumentando, preposto mentindo, testemunha inventando, juízes prepotentes. Muitos são gente boa, mas alguns... Uma audiência atrás da outra e é sempre a mesma história! Não tem dinheiro que pague tanta chateação. Ninguém aguenta!

— Mas querido, você sabia que era assim.

— Eu sei e não estou reclamando. Só estou desabafando um pouco. Você não consegue entender?

— É claro que entendo Raul e se eu puder ajudar... Posso fazer uma massagem e uns alongamentos que te relaxem, que tal?

— Você me ajuda não me atrapalhando.

— Como é que é? Por acaso eu fico te atrapalhando?

— Eu não disse isso.

— Como não? Acabou de dizer! — ela cruzou os braços e empurrou o banco do carro para trás, dando a entender que não queria mais conversa.

—Eu só quis dizer que se você não me interromper com comentários e perguntas e não me chamar pra dormir cedo, já está de bom tamanho. Tô pedindo muito? — respondeu ele num tom ríspido e mais alto que o normal, como costumava fazer quando Silvia argumentava ou o contrariava.

— Está pedindo muito sim, só que você já perdeu a noção disso faz tempo. Já me acostumei a não te "incomodar", não reparou? Aposto que nem reparou. Você vive nervoso! Não acho isso normal. Dá a impressão de que não gosta nada do que faz. Os outros advogados também vivem estressados como você? — Silvia sabia que tinha extrapolado, perdido a cabeça, dito muito mais do que ele suportava ouvir. Agora viriam as consequências.

— Não dá mesmo pra conversar com você! — Raul respondeu vermelho.

Depois disso, semicerrou ainda mais os olhos e os lábios, ligou o som e não trocaram palavra alguma. O humor de Raul combinava bem com o trânsito naquele horário: nervoso e congestionado. Os semáforos trocavam de cores várias vezes antes que se chegasse até eles, os motoristas mudavam de faixa, acelerando e freando de forma brusca, quase batendo uns veículos com os outros e quase atropelando pedestres e motociclistas descuidados. Assim eram todas as tardes na volta para casa.

Silvia entrou num dos elevadores torcendo para que o marido não estivesse descendo pelo outro. Chegando no décimo quinto andar, percorreu ansiosa o corredor até às portas de vidro com o os nomes "Villar & Araújo Advogados" em letras grandes e desenhadas. A porta automática se abriu e ela entrou na sala clara e arejada onde uma dezena de jovens advogados e estagiários trabalhavam em seus computadores. Quase todos levantaram os olhos para ela que os cumprimentou com um sorriso e perguntou pelo marido. Após apontarem para a sala dele, alguns se perguntaram como aquela moça jovial e descontraída podia combinar com o chefe, formal e austero.

Após conversar rapidamente com uma das advogadas, que perguntou sobre seu trabalho e também sobre o filho, ela percorreu os cinco metros do corredor que separava a sala do marido. Antes de abrir a porta, porém, ouviu as risadas de Raul, altas e descontraídas e parou. Achou estranho. Há quanto tempo não o ouvia rindo? E agora? Deveria entrar e atrapalhar, talvez, uma reunião? Reunião? Mas se ele mesmo tinha telefonado para que viesse encontrá-la. Esperou alguns segundos e ouviu uma voz feminina afabada, gutural, mais risadas dele. Sentiu o rosto queimar e o coração bater descompassado. Devia ser o famoso radar feminino que sente as sutilezas de olhares, de humores e de sentimentos de outras pessoas, mesmo por detrás de portas fechadas, pensou. Com a mão na maçaneta, relutou ainda por um instante se devia entrar ou não. Mais uma risada abafada da mulher, dentro da sala, obrigou-a a abrir a porta com força. Viu o marido sentado de forma relaxada na cadeira giratória, brincando com uma das mãos de uma moça bonita que ela não conhecia. O olhar de Silvia escaneou de forma rápida o vestido elegante de corte perfeito, as pernas bem delineadas, os sapatos altos da moça, que de frente para ele, se apoiava na mesa, com as pernas de ambos se encostando. Aos olhos da recém-chegada aquela cena tinha uma intimidade que ela não experimentava com o marido há anos. Ante a súbita entrada, os dois puseram-se de pé e a olharam com ar de espanto e susto. A reação de Silvia talvez tenha sido imatura. Provavelmente foi. Mas, reagiu de acordo com a emoção que a dominava naquele instante e de acordo com a sua personalidade. Sentiu uma fisgada profunda na boca do estômago, não disse palavra alguma e após fuzilá-los com o olhar, deu as costas e saiu quase correndo. Passou pela sala maior sem se despedir dos advogados e estagiários, que ficaram se entreolhando encabulados. Agradeceu aos céus ao ver que um dos elevadores ainda estava naquele andar. Acaso não estivesse, provavelmente desceria correndo pelas escadas. Sentia que estava fora do seu normal e queria fugir dali o mais urgente possível. O coração continuava batendo forte e as faces queimando. Na rua, pegou o primeiro táxi do ponto em frente ao prédio. Também deu graças por ter um ponto de táxi tão perto. Assim, o descarado não poderia lhe alcançar e vir com desculpas esfarrapadas ou com as grosserias de todo o dia. E hoje, pego no flagra e se sentindo acuado, ela não fazia ideia de como seriam as reações do marido. Dentro do táxi, o impulso primeiro foi o de correr para casa. Mas um fiapo de raciocínio trôpego sussurou-lhe que não fosse para casa agora, a não ser quisesse encontrá-lo. Mas, para onde iria? Fim de tarde, trânsito ruim, ela extenuada. Para onde iria? Ah, uma amiga íntima agora seria de muita utilidade! Mas não era o caso. Ela não tinha nem amigas nem parentes na cidade. E, mesmo que tivesse, provavelmente teria vergonha de procurá-los e se expor. Um segundo impulso, ainda no centro da cidade, impeliu-a a pedir ao motorista que parasse o carro, se desculpando por andar tão pouco tempo e fazê-lo perder uma viagem mais longa.

Deu dinheiro em dobro pela pequena corrida e saiu andando sem rumo pelas ruas movimentadas. Tentava pensar com calma. O que faria? Tropeçou e quase caiu nos degraus de entrada de um hotel. Sem pensar, subiu-os quase correndo. Preencheu a ficha da recepção, pegou a chave-cartão e tomou o elevador para o andar indicado. Sentia-se um robô.

Depois do susto e da adrenalina de instantes atrás, um amortecimento geral tomou conta dela. Talvez estivesse sendo precipitada, mas sabia que precisava descansar, se acalmar antes de enfrentar o marido e ter, talvez, a conversa mais difícil de sua vida. Sempre fugiu dos enfrentamentos, das conversas complicadas, das cobranças. Preferia o silêncio, mesmo que ele significasse afastamento, amargura, tristeza. Talvez tenha sido bom esse "flagra", para ela acordar e sair do marasmo que andava sua vida e seu casamento.

Entrou no quarto amplo, fechou a porta e se apoiou nela por um instante. Jogou a bolsa numa poltrona, tirou os sapatos e sentou-se na cama. Pronto. Agora, estava protegida, podia pensar com calma. Sabia que o marido, como bom advogado que era, tentaria lhe convencer de que ela não viu nada de mais; de que foi boba, ciumenta e precipitada. De que ele e a "amiga" estavam apenas conversando.

Silvia estava cansada. Cansado o corpo, cansada a alma. Tinha trabalhado por horas e horas antes de sofrer aquela descarga de adrenalina, que parecia ter descompensado seu organismo. Talvez um banho a ajudasse a relaxar e a raciocinar melhor. Ficou mais tempo que o habitual debaixo do chuveiro e enquanto a água escorria por seu rosto e cabelos, segurava as mãos cruzadas sobre o peito e chorava. O que tinha feito com sua vida? Em que buraco tinha enfiado seu amor-próprio, sua autoestima, sua capacidade de organizar-

-se? Por enquanto, não tinha nenhuma resposta, mas uma força desconhecida lhe dizia que tinha de encontrá-las e se reestruturar. Quando finalmente saiu do banho, pôs o roupão do hotel e se deitou na cama confortável.

Pensou no filho Pedro. Será que o marido diria a ele o que tinha acontecido, falaria mal dela, a chamaria de louca? Não, não chegaria a tanto. Pedro era apenas um menino de treze anos que não podia ser envolvido na briga dos pais.

A essa altura, Raul devia estar em casa e entendido que ela não queria conversa com ele.

Mais calma e com a respiração controlada, Silvia tentava analisar a situação com bom senso. Tinha sido exagerada? A cena que viu entre o marido e sei lá quem mostrava um envolvimento afetivo como ela entendera, ou não?

Não sabia. Provavelmente não saberia tão cedo ou nunca pela boca do marido. Por que a cena presenciada no escritório dele a tinha afetado tanto, deixando-a indignada e enciumada? Pensava agora ser menos a possibilidade de traição, que o entendimento e a compreensão do quão pouco ela, como esposa, significava para ele. Lembrou-se da casmurrice dele ainda ontem, sombrio, mal-humorado, tratando-a com rispidez dentro do carro e mais tarde, em casa, ignorando-a por completo. E de todas as vezes que a tinha deixado no estacionamento por dez ou quinze minutos esperando sem nunca pedir desculpas pelo atraso. Mas, com a colega ele estava descontraído, feliz, com jeito de apaixonado.

Lembrou-se de todas as tentativas frustradas de conversas no percurso diário do estacionamento até em casa. Mesmo as banais, sobre o tempo ou o trânsito, ficavam sem respostas ou recebiam resmungos impacientes. Acaso o assunto fosse pessoal e importante, sobre o filho ou sobre eles, virava discussão e briga. Por isso, ao longo dos meses, ela habituou-se ao silêncio e à mágoa. E uma parede alta, densa e escura se formou entre os dois.

Depois do cansaço e da descarga de adrenalina de uma hora atrás, uma sonolência e um torpor tomaram conta dela, que fechou os olhos e cochilou por alguns minutos. Sentiu que poderia dormir profundamente. Mas não podia. Dessa vez precisava enfrentar o marido, por mais difícil fosse, por mais medo tivesse. Tinha que confrontá-lo, obrigá-lo a lhe dizer a verdade. Olhou o relógio de pulso. Uma hora apenas tinha passado desde que fugiu do escritório. Nesse horário, o trânsito estava pior que em qualquer outro. Esperaria mais um pouco. No mínimo mais uma hora. Ligou a TV, passou por diversos canais, nada a interessou. Começou a ficar ansiosa outra vez.

Lembrou-se de que o mês de julho chegava, ela podia tirar férias e viajar com Pedro para a casa dos pais, como sempre fazia. Como fazia antigamente, quando ele era criança e a acompanhava a todos os lugares, quando ele precisava dela, quando ele gostava dela. Agora o filho parecia outro. Onde tinha ficado o menino dócil e carinhoso que brincava com os cabelos da mãe, que gostava do abraço apertado dela? Onde?

Outra idéia surgiu e a animou: por que não criar coragem, comprar um carro e viajar para o interior dirigindo? O projeto fez sua pulsação aumentar outra vez, não por susto, medo ou raiva, mas pela euforia do desafio. Teria que vencer o pânico de dirigir e retomar a vida sem depender do marido nem para uma simples carona.

Olhou o relógio outra vez. Apenas vinte minutos tinham se passado, mas ela estava ansiosa e não esperaria mais. Mesmo que o trânsito estivesse ruim iria para casa. O trânsito não era o problema. O problema era o marido, o enfrentamento, o pânico que o seu olhar duro e sua língua ferina lhe causavam. Ah, se não fosse o filho, não precisaria voltar e encarar Raul nunca mais ou pelo menos por um bom tempo. Sem pensar muito, levantou-se e se vestiu. Ligou para a recepção e pediu um táxi.

Quando chegou ao condomínio passava das sete e meia da noite. Respirou fundo antes de abrir devagar a porta da sala e entrar relutante. Desejava não dar de cara com o marido, nem mesmo com o filho. A casa estava mais silenciosa do que nunca. Ninguém apareceu. Silvia trocou de roupa e foi ao quarto de Pedro. Lá estava ele de costas para a porta, em frente ao computador.

— Oi filho, tudo bem? Está com fome?

O menino não respondeu e quase escondeu o rosto ante a tentativa de beijo da mãe. Embora estivesse acostumada com esse comportamento, naquele momento ela o recebeu como um tapa no rosto e sentiu uma fisgada na boca do estômago. E mesmo com a voz embargada, perguntou:

— Pedro, sabe do teu pai?

Entre uma manobra e outra no vídeogame, o filho respondeu que não tinha visto o pai ainda. Que ele não tinha chegado em casa nem telefonado.

Silvia ficou boquiaberta. Raul sempre conseguia surpreendê-la negativamente. Ela pensando que ele a procurava, desesperado para dar explicações! Como era boba.

Ficou com a consciência pesada por ter deixado o filho sozinho e sem notícias por horas. Soubesse que o marido não estava, teria vindo direto para casa.

Mas, no fim das contas, foi melhor assim, pensou. Melhor que ela estivesse em casa quando ele chegasse e não o contrário. E depois, ela não estava com a menor vontade de conversar com ele. Sabia que a conversa se transformaria em discussão e troca de acusações. Ela tinha sim vontade de sumir e não vê-lo nunca mais. Ou ao menos até passar a mágoa, a revolta e a raiva que sentia. Foi à cozinha e preparou um lanche para ela e Pedro. Daquele dia em diante não se preocuparia em fazer mais nada especial para agradar ao marido.

Quando se casou, Silvia cozinhava apenas o essencial, mas ao longo dos anos aprendeu todos os pratos especiais de sua memória afetiva: canelone com o toque da noz moscada, macarronada com massa caseira, polenta com frango caipira, diversos tipos de risotos, pasteis de carne, palmito, queijo e camarão. Pães e bolos diversos. Nas mãos de Silvia, um pouco de água, farinha e ovos, se transformavam em pratos saborosos. Devia ser a genética do sangue italiano herdado dos pais, avós e outros ancestrais. No entanto, nos últimos tempos, o comportamento do marido e do filho lhe tiravam a vontade e a alegria de cozinhar o que quer que fosse. Parecia que nenhum dos dois se importava com o que comeriam nem com o momento especial de se reunirem em volta da mesa e conversarem como uma família feliz. Há quanto tempo ela preparava o jantar ou o lanche, arrumava a mesa da cozinha, chamava os dois, eles apareciam em momentos diferentes, se serviam e se retiravam da cozinha para comerem em outro lugar? Raul voltava aos noticiários da TV ou para o escritório e Pedro para o computador ou vídeo game.

Ela percebia que estava tudo errado: o comportamento do filho, o afastamento e azedume do marido, a sua própria apatia, tristeza e impotência.

Naquela noite, porém, em que achava ter descoberto a razão do desinteresse do marido por ela e pelo casamento, uma força estranha surgiu como um brotinho verde em meio à planta quase morta. Eram pensamentos, pontadas no peito, vontades de encontrar caminhos e soluções, meandros por onde deixasse escoar seu desgosto e fontes de água pura onde pudesse renovar energias. Decidiu amadurecer a ideia da compra do carro e da viagem antes de convidar o filho. Na verdade, ela sabia que ele diria "não".

Já passava das dez da noite quando ouviu o barulho de chaves na porta dos fundos, indicando a chegada do marido. O que ela devia fazer? Ouvir passivamente as desculpas dele ou ser acusativa e demonstrar sua indignação? Isso se ele se preocupasse em lhe dar alguma explicação ou desculpa. Talvez a ignorasse por completo, como se nada tivesse acontecido. Resolveu esperar passiva, no seu lado da cama, agarrada a um travesseiro, fingindo assistir TV. Mas ele não veio até o quarto, nem deu sinais de que viria. Nenhum barulho de louça na cozinha indicava que ele tinha jantado fora. Ouviu-o procurando toalhas no armário do quarto ao lado. Silvia entendeu que ele a ignoraria.

Ela pegou no sono e acordou no dia seguinte sem que o marido aparecesse no quarto do casal.

Apesar da noite maldormida, levantou no horário de sempre. Na cozinha, cumprimentou Salete, a ajudante da casa, que já passara o café e acabava de arrumar a mesa.

Enquanto se servia, Raul chegou arrumando a gravata e segurando o paletó.

— Bom dia Salete, tudo bem?

Nem uma palavra à mulher e nem um olhar sequer. Nada. Ela sentiu um embrulhar no estômago e teve o ímpeto de fugir dali. Mas precisava se conter para não causar estranheza ou discussão na frente da empregada. Falaria com ele à noite, quando estivessem sozinhos. Aproveitaria para dizer que viajaria com Pedro. Silvia tomou com pressa o resto do café, não conseguiu comer o último pedaço de pão e foi ao quarto se arrumar. Minutos depois, Raul apareceu na porta e disse com a voz dura e impaciente:

— Você vai querer carona hoje ou não? Eu estou indo! — a voz cortante do marido soou como uma chibatada ardida e ferina.

— Não, não vou querer carona hoje, nem nunca mais! — respondeu ela, assustando-se com a raiva da própria voz.

Ele não disse nada, deu as costas e saiu.

Um choro explodiu convulsivo da alma para a garganta de Silvia que se refugiou no banheiro para que ninguém ouvisse. Toda a adrenalina e a indignação do dia anterior, misturadas com a desesperança e insatisfação dos meses passados, mais a raiva de instantes atrás, explodiram como um vulcão de lavas ácidas, que demoram a sair, mas quando o fazem são explosivas e destruidoras. Depois do choro, os olhos inchados e vermelhos fizeram com que ela esperasse uns trinta minutos antes de sair de casa. Chegaria muito atrasada ao serviço naquela manhã, pensou chateada. No percurso até à clínica foi tratando de se acalmar, respirando fundo e pensando na compra do carro e nas férias.

Ah, o seu trabalho na clínica! Era ele que a salvava. Era por ele que se levantava todos os dias e tinha ânimo de se vestir e de sair. Era a clínica de fisioterapia com as macas e aparelhos, com as duas sócias e quase amigas, com os pacientes que precisavam dela e a valorizavam, que a faziam rir e esquecer do marido e do casamento ruim. E foi nesse trabalho que o conheceu, há quinze anos. Ele havia feito uma cirurgia no joelho e procurou a clínica para reabilitar os movimentos. Apaixonou-se pela fisioterapeuta esbelta e de cabelos longos. Nem tímida, nem extrovertida. Tinha bom humor, mas se achava um pouco bicho do mato, pois enquanto as amigas e conhecidas gostavam de danceterias, cinemas e festas, ela preferia lugares abertos e com pouca gente. Gostava de bons filmes, de pintura, de plantas, fotografias e de gatos. As colegas a achavam romântica. Ela não sabia se era romântica, ingênua, sonhadora ou apenas alguém disposta a descobrir o mundo aos poucos. Nem sabia, naqueles tempos, que precisava conhecer e decifrar o seu próprio mundo interno antes de conhecer o outro. Era apenas uma jovem recém-contratada sem imaginar que em breve se casaria com um paciente e que ele a ajudaria, mais tarde, a se tornar uma das proprietárias da clínica. Ele iniciava a próspera carreira de advogado num escritório bem conceituado que ficava numa casa antiga perto do Fórum, a algumas quadras do local de trabalho de Silvia.

Chegando à clínica, ela respirou fundo, foi ao banheiro, lavou o rosto, vestiu o jaleco e entrou na sala de atendimentos cumprimentando as duas auxiliares que atendiam os primeiros pacientes

— Bom dia meninas! — e aos pacientes — Bom dia dona Neusa, como é que está hoje? Dormiu melhor? E o senhor seu Antonio, tudo bem? — os dois reclamaram das dores de sempre, concordando, porém, que elas pioravam quando faltavam à fisioterapia. Silvia percebia que para os pacientes idosos, frequentar a clínica era mais que uma terapia física, onde aprendiam a exercitar e a alongar os músculos. Ali tinham a companhia dos outros idosos, que lhes entendiam e sentiam as mesmas dores. Era um lugar onde podiam se expressar e serem ouvidos. Conversavam sobre todos os assuntos, mas alguns eram recorrentes e não saíam de pauta, como o aumento de combustível que gerava o aumento de todos os produtos, a falta de segurança nas ruas, as dificuldades financeiras geradas pelos baixos salários e pelo alto custo de vida. As pacientes mulheres também comentavam sobre o final das novelas e os homens, sobre os campeonatos de futebol. O relógio voava e eles se esqueciam por algum tempo das dores. Talvez se esquecessem, também, da solidão dos dias longos de viuvez, da ausência dos filhos, da ausência do que fazer.

Depois de quinze minutos chegaram mais dois pacientes e logo mais outros dois, e assim, ao longo das horas, todos os aparelhos e macas ficaram ocupados com mulheres e homens jovens, idosos, de meia-idade. Uns com pós-operatório, outros com doenças ocupacionais - tendinites, bursites, artroses - outros por terem sofrido lesões mais ou menos graves em acidentes de carros e de motos. Silvia gostava de lidar com pessoas que entravam e saiam de sua vida ao longo dos anos. Algumas de forma passageira, outras que se tornavam amigas. Mas, com todas as pessoas que passavam pela clínica Silvia achava que aprendia alguma coisa, seja a tolerância e a empatia, seja a alegria e a gratidão. Com os pacientes, ela exercia sua generosidade e abastecia seu baú de afetos e amizades.

No trabalho, se esquecia da casmurrice do marido, da falta de diálogo, da falta do abraço, do carinho das filhas. Na clínica, ela ria, conversava e brincava com as colegas e pacientes como se sua vida estivesse em perfeito equilíbrio. E todos pensavam que aquela fisioterapeuta era bonita e feliz. E que sorte tinha, diziam as colegas, de ter um marido charmoso e bem sucedido.

Ouvi o barulho das chaves da porta da sala e sorri. Sabia que era Eduardo que chegava do trabalho. Parei de escrever e fui ao seu encontro.

— Olá minha querida! — disse ele, enquanto jogava a maleta no sofá da sala, me abraçava e me fazia dar voltas e mais voltas como se dançássemos uma valsa.

— Como vai a minha bela escritora?

— E aí, tudo bem? Julia e Laura te avisaram? — perguntei procurando seus olhos e me soltando da valsa.

— Sim, a Laura me ligou. Pelo jeito, hoje a noite é só nossa — Eduardo continuava me abraçando e forçando uma dança sem música.

— Sim, hoje a noite é só nossa. O que sugere?

— Você é quem manda meu amor. Se quiser jantar fora vamos, se quiser ficar em casa tomando um vinho, assistindo um filme abraçadinhos, você é quem sabe. Eu vou pro banho enquanto você resolve, está bem?

Aquele bom humor de Eduardo era sua marca registrada e parecia que nada o tirava do sério. Não havia dificuldades financeiras ou outras quaisquer que o fizessem perder o entusiasmo. Ou, se houvesse, ele as deixava do lado de fora da nossa casa e não compartilhava comigo E eu amava aquela boa disposição que me nutria de tranquilidade, de calmaria, de bem estar e permitia que eu pudesse escrever tranquilamente.

Nossas filhas, Julia e Laura, como toda sexta-feira, sairiam com os namorados sem hora para voltar.

Naquela noite, embora eu não quisesse desapontá-lo, não estava com a menor vontade de sair. Preferia continuar escrevendo para não perder o embalo. Por outro lado, tinha que aproveitar sua presença, nem sempre disponível, já que as viagens de trabalho eram frequentes. E me constrangeria demonstrar má vontade para qualquer sugestão sua, já que ele não media esforços para agradar a mim e às meninas. Não rejeitava nunca um convite para uma estreia no cinema, um novo restaurante, uma corrida no parque. Estava sempre disposto a qualquer passeio ou pequeno sacrifício em prol da minha satisfação ou das nossas filhas. Quando as meninas eram pequenas e eu tinha os horários rígidos no trabalho, era ele quem as buscava na escola. Era ele quem as levava, nos finais de semana, para onde elas quisessem passear a fim de que eu descansasse.

Quinze minutos depois, Edu apareceu dentro de um roupão, esfregando a toalha na cabeça.

— E aí mulher, resolveu o que vai fazer comigo hoje? Sou todo seu! — enquanto falava, me abraçava e cheirava meu pescoço tentando ser sensual.

— Podemos ir num restaurante japonês aconchegante. Um que a gente não conheça, o que acha?

— Ah, agora passou a bola pra mim, né?

— Não meu querido. Você sabe que sou indecisa com coisas bobas assim. Sair, não sair, comer lá ou acolá, essas coisas.

— Eu sei, mas quando você quer algo, não me parece nada indecisa. Quando inventa alguma loucura, ninguém segura!

— Mas e aí, o que faremos, afinal? — perguntei, tentando agilizar.

— Quero jantar fora e depois passar a noite num lugar charmoso que a gente não conheça. Que tal?

— Hum, animadinho, como sempre. Então espera eu me arrumar, tá bom?

Acabamos jantando numa cantina italiana e voltando para casa em seguida. A disposição e a vontade de se divertir do começo da noite desapareceram após duas taças de vinho e o cansaço do dia. Não era a primeira vez que isso acontecia. Saíamos de casa com planos para a noite inteira, mas voltávamos mais cedo que o pretendido. Afinal, os vinte anos tinham ficado lá atrás. Eu estava com 42 anos e o Eduardo com 44. E a nossa casa tornava-se, então, o melhor refúgio. Meus cabelos castanhos e quase lisos começavam a ganhar fios brancos que se mesclavam naturalmente. Eu não pretendia pintá-los.

No sábado pela manhã, quando cheguei à cozinha, as meninas já preparavam sanduíches e suco. Perguntei que milagre era aquele e se tinham voltado cedo para casa.

— Voltamos cedo. Fomos ao Babilônia, mas tava muito cheio. Laura começou a reclamar do cheiro de cigarros, da música alta, do frio. Aí o Luiz ficou bolado e viemos embora.

— Cheiro de cigarros? Mas não tá proibido fumar nos lugares?

— Sim, dentro do bar está. Mas o pessoal fuma na calçada, do lado de fora e o cheiro vem.

— Humm, entendi. Nossa, eu e teu pai nem vimos quando vocês chegaram.

— Aproveitaram a noite a sós? — As duas riram e acabei rindo também.

— O pai ainda tá dormindo?

— Está no banho. Já vem ai. Quais os planos pra hoje, meninas?

— Eu vou ao cinema com André — respondeu Julia — Depois não sei. Acho que voltaremos pra cá. E você Laura?

— Tenho um trabalho pra terminar. Depois acho que Luiz vem aqui.

— Então, tá bom. Eu e o pai vamos à feira e traremos almoço da rua, tá legal?

— Mãe, traz peixe, gengibre, shoyu e tofu que vou fazer uma receita pro jantar — pediu Julia.

— Hum, que delícia! Pode deixar.

Eu adorava quando as meninas ou Eduardo se metiam a cozinheiros e me poupavam dessa função que nunca me agradou. Quando eu a desempenhava era por pura obrigação de mãe e vontade de agradar a família. Mexer com carne vermelha, por exemplo, é para mim uma espécie de tortura. O cheiro do sangue me enjoa e a visão da carne crua me lembra um assassinato. Então, o meu preparo de carnes se restringe à pescada branca assada com cebola, tomates, gengibre, sal, pimenta e muito azeite. Coloco todos os ingredientes envoltos em papel alumínio na assadeira, ligo o forno elétrico e pronto. Não preciso mexer nem cuidar. O cheiro que toma conta do apartamento, e provavelmente do prédio inteiro, me impede de esquecer o assado no forno. Faço um arroz branquinho, uma ou duas saladas e pronto. Nos meses de inverno, preparo diversos tipos de sopas. Esse é o meu repertório culinário. Por isso, nos finais de semana, as meninas assumem a cozinha ou a gente vai a restaurantes.

A feira dos sábados pela manhã se estende por cem metros de uma rua sem saída, a três quarteirões do nosso prédio, onde costumávamos ir puxando o carrinho de mão para transportar as verduras, legumes, frutas, ovos, queijos e peixes. No elevador, Eduardo exagerava abraços e beijos enquanto eu me esquivava, com vergonha das câmeras.

Nas saídas de carro pela cidade ou em viagens, por ser mais eclética e implicante que ele, era eu quem escolhia as músicas que ouviríamos. Podia ser MPB, blues, rock, samba ou Sergio Reis, Renato Teixeira, Zé Geraldo, Blindagem, às vezes jazz.

Não sei se nossas diferenças de personalidade eram óbvias para quem pouco nos visse, mas com certeza eram para os familiares e amigos. Eduardo, esfuziante, falava com os braços e gestos, sempre determinado e bem disposto, enquanto eu era — ou sou — mais observadora e contida. Minha mãe dizia que as águas calmas são profundas e perigosas e se deve ter cuidado com elas. E eu não conseguia evitar de pensar nisso muitas vezes.

Acho que as divergências entre nós se mostravam nas pequenas questões, como gosto de filmes, bebidas, alimentos. Nas causas maiores e importantes da vida nos afinávamos bem. Era o nosso "caminho do meio", onde fugíamos dos extremos e nos concentrávamos no respeito, na cidadania, no silêncio necessário, no companheirismo sem exigências. Era assim que as pequenas diferenças cotidianas de personalidade temperavam o relacionamento sem o sufocar. Pelo menos era assim que eu via nossa relação.

Embora tivéssemos nascido em plena ditadura militar, ainda éramos crianças quando o Brasil conheceu a redemocratização e a abertura política. Era comum eu ouvir conversas veladas, por vezes sussurradas, dos meus pais sobre a ditadura, como se temessem ser ouvidos pelas duras mãos. As mãos que prendiam, torturavam, escondiam os corpos, não davam explicações, controlavam a imprensa, esmagavam as artes, vim a saber disso bem mais tarde. Entendi também que aquelas mãos enganavam os sonhos dos brasileiros comuns e faziam as crianças terem esperanças, porque as escolas eram obrigadas a passar uma imagem de um Brasil cheio de alegria e com um futuro brilhante.

Conheci Eduardo no campus da Universidade Federal do Paraná, área tecnológica. Mais especificadamente, nas aulas práticas de laboratório de física, que ele fazia com minha turma, já que tinha se atrasado em algumas disciplinas. Desde as primeiras aulas, ele sentou perto, puxou conversa, fez piadinhas, me chamou para o café na cantina. E eu, com o coração descoberto, me apaixonei de imediato.

Naquele sábado, jantamos com as meninas e seus namorados, André, que cursava Engenharia Ambiental e trabalhava na empresa do pai e Luiz, que era colega de faculdade de Laura e fazia estágio. Julia, animada como o pai, combinava muito com André, extrovertido e bem disposto. Já Laura e Luiz formavam o casal tranquilo, estudioso e compenetrado. Mas, apesar daquelas diferenças, os dois casais gostavam de sair juntos. Por óbvio, o casal Julia e André era quem chamava o outro para estreias no cinema ou no teatro, para shows ou bares da cidade. Julia não se cansava de dizer que se deixasse, a irmã e o namorado iriam, no máximo, ao cinema. Julia herdou do pai a exuberante personalidade bem como os alegres olhos verdes da ancestralidade polonesa. Laura tem a pele mais clara, cabelos castanhos e suaves olhos azuis. Ambas altas e esguias, desde pequenas atraíam olhares e atenções nos parques, escolas, restaurantes. Laura ficava incomodada, se encolhia e avermelhava o rosto, Julia parecia não se importar. Quando adolescentes, era comum que eu, indignada com os olhares insistentes e incômodos de homens mais velhos sobre elas, parasse e dissesse com o dedo apontado: "nunca viu uma menina bonita, meu senhor? Vê se se enxerga e vai olhar para alguém da sua idade!"

Eduardo e as meninas perceberam minha ansiedade durante o jantar e perguntaram o que acontecia. Eu realmente estava apressada e mais eufórica que o habitual. Queria voltar logo aos meus escritos e continuar a história de Silvia, antes que ela esfriasse e eu me envolvesse em outras atividades. Laura comentou — acho que a mãe começou outro livro — não é isso mãe? Eu apenas ri.

Era um estranho início de inverno aquele, o sol se impunha brilhante e forte em todas as manhãs, deixando uma atmosfera de alegria, de férias, primavera, verão. As árvores frutíferas, confusas, floresciam antes da hora. Os ipês coloriam a cidade de roxo, branco e amarelo, os pássaros migravam antes da hora e iniciavam sua cantoria típica da primavera. Silvia amava os dias primaveris e ensolarados desde que se entendia por gente. E apesar do entroncamento confuso em que se achava metida, com um casamento terminando e o filho trancado em si mesmo, aqueles dias bonitos lhe diziam que as coisas melhorariam, que não se preocupasse. Ela sabia, porém, que algo estranho acontecia no meio ambiente que alterava o ritmo da natureza.

O atendimento do último paciente e os ponteiros do grande relógio na parede indicavam que era hora de voltar para casa. E agora, o que faria? Por que ela não conseguia dizer ao marido o que lhe esgasgava a garganta? Seria medo, covardia, baixa autoestima? Qual a trave psicológica que a bloqueava desde sempre com relação a Raul? Ela não queria ser novamente ignorada como na noite anterior. No entanto, o que deveria fazer para sair daquela situação sem se machucar mais?

Dentro do táxi, pensou que o episódio no escritório de Raul havia servido, ao menos, para que deixasse de ser dependente da carona dele. Esperava que servisse também para pôr fim ao seu casamento capenga, embora não soubesse como seriam as reações do marido e do filho. E como seria a sua postura diante da resistência de ambos.

Chegando em casa, viu que o carro de Raul não estava na garagem. Será que ele usaria a mesma tática do dia anterior? A de chegar tarde da noite, ignorá-la, dormir no outro quarto? O que ela faria então? Não sabia. Ainda tinha medo de enfrentá-lo.

Às sete e meia da noite, Raul chegou. Silvia estava na cozinha terminando de preparar o lanche, quando ele entrou e a cumprimentou com um olhar desconfiado e sem jeito. Antes que ele saísse da cozinha e ela perdesse a coragem, disse com a voz mais firme que conseguiu:

— Raul, precisamos conversar.

— Estou cansado e não quero saber de briga, se é isso o que quer! — ele respondeu no tom grosseiro de sempre e saiu da cozinha tirando o paletó e a gravata. Mas, dessa vez, ela foi atrás e disse com a voz mais autoritária possível:

— Daqui a meia hora, no teu escritório!

Ele a olhou surpreso e não disse nada, mas deve ter pensado que lá vinha ela com choramingas outra vez.

Silvia chamou o filho para lanchar, ele respondeu "daqui a pouco eu vou", como de praxe. Então, ela comeu sozinha e assistiu o jornal da noite até completar a hora marcada para a conversa com o marido.

Passado o tempo, respirou fundo, rezou pedindo coragem e foi ao escritório. Ele não estava lá. "Deve estar no banho", pensou. Sentou-se na poltrona de couro confortável em frente à escrivaninha de madeira escura e aguardou. Depois de cinco minutos o marido apareceu, com os cabelos molhados. Fechou a porta do escritório, sentou-se na cadeira giratória de frente para ela e com olhos apertados, disse:

— Fale. O que quer?

Ela teve vontade de gritar "eu quero que você me respeite e me trate bem!"

— Vou viajar com Pedro para Campos Altos. Vai ser bom ele ficar longe do computador e do videogame — respondeu da forma mais calma que pôde, enquanto a alma gritava e seus olhos faziam mil perguntas que não nasciam e nunca seriam respondidas.

— Ah, bom, e você acha que ele vai querer ir para o interior? Você sabe que ele não gosta de lá! — a voz seca e ríspida doía em Silvia como lâmina afiada.

— Na última vez em que fomos, ele gostou. Foi pescar com os primos, foi pra igreja, pra lanchonete da praça...

— Bom, vamos ver. Eu acho que ele não vai.

— Bom, aí eu irei sozinha!

— Vai ter que ir de ônibus. Eu não posso levar.

E antes que ela respondesse, ele a interpelou num tom de deboche e desprezo:

— Precisava daquele vexame ontem no meu escritório na frente dos outros? Sair correndo feito uma louca?!

Silvia sentiu o sangue subindo quente e apressado pelas veias do pescoço e das têmporas e disse com raiva:

— Na verdade, precisava muito mais que sair correndo daquele jeito! Precisava dar uns tapas na tua cara e na da tua amiguinha ou devo dizer namoradinha? Ou amante?!

— Você está louca! É uma colega de trabalho! — defendeu-se Raul.

— Ah, e é daquela forma que você se comunica com as colegas de trabalho? Risadinhas e cochichos, mãozinhas dadas, pernas com pernas, enquanto eu esperava de pé, no estacionamento? Ah, me poupe Raul! Tenha a dignidade de assumir teu comportamento! Assuma que o nosso casamento já era!

— Não dá pra falar com você surtada desse jeito — ele se levantou e deu a conversa por encerrada embora para ela nada estivesse esclarecido nem encerrado. Nem o casamento, nem a viagem de férias, muito menos a cena que tinha visto no escritório e que tanto a perturbou.

Mas levantou-se também e saiu sem dizer mais nada. E, embora as coisas continuassem mal explicadas e confusas, sentiu-se leve como há muito tempo não se sentia.

Raul continuou dormindo no quarto de hóspedes e ela deu graças a Deus por isso. Não suportaria dividir a cama com ele.

Na manhã seguinte, levantou-se mais cedo que de costume e chamou o táxi. Começaria a procurar um carro para comprar.

Na clínica, pesquisou pela internet algumas revendedoras, viu diversos modelos, cores e preços. Telefonou para algumas, no horário do almoço visitou pessoalmente uma loja que ficava mais ou menos perto da clínica. Gostou de alguns modelos, mas não compraria sem ver outras marcas. O prazo normal de entrega era de trinta dias ou mais. Ela não podia esperar tanto. Trabalhou o resto da tarde dispersa e, ao mesmo tempo, angustiada. Deveria pedir ajuda e ouvir a opinião das colegas e pacientes ou decidir sozinha pelo carro? Nas atuais circunstâncias, falar sobre isso com o marido estava fora de cogitação. Tinha a impressão de que mesmo que o casamento estivesse bem, ele se recusaria a ajudá-la. Naquela tarde, trabalhou mais calada que de costume. Cabeça pesada, sentimentos confusos. No fim do dia, despediu-se das colegas e auxiliares com um tchau apressado e sem brincadeiras. Elas se entreolharam, mas nada disseram.

No trajeto para casa, continuou pensando na compra do carro. Queria um modelo compacto, mas com o mínimo de conforto e segurança: direção hidráulica e elétrica, pelos menos dois "air baggs", ar condicionado, de repente câmbio automático. Por que não? Deveria ser bem mais facil e prático. Além disso, o carro não poderia custar uma fortuna, pois pretendia pagar à vista ou financiar o mínimo possível. E ela não entendia quase nada de carros. Por que não perguntou para algum paciente da clínica? Não, nem perguntaria no dia seguinte.

Em casa, tirou o calçado e foi ao quarto do filho, deu-lhe um beijo, fez-lhe um carinho nos cabelos e perguntou se estava com fome. O menino, como sempre, mal respondeu. Na cozinha, Silvia olhou o que havia para o jantar. Mas, como a fome parecia não ser um problema a ninguém, deu meia-volta e foi ao banho. Ligou a torneira da hidromassagem e aguardou pacientemente ouvindo música e pensando na viagem para o interior.

Raul chegou e entrou na cozinha em busca do que comer. Silvia preparava algo, mas não o olhou e nem disse nada. Ele poderia querer fazer as pazes, mas não puxou conversa e saiu sem falar com ela.

Nas outras vezes em que discutiram ao longo dos quinze anos de casamento, Silvia aproveitava qualquer brecha de olhar ou de conversa que ele lançasse para fazer as pazes. O clima tenso criado pelas brigas a angustiavam e a deprimiam. Mas, dessa vez, seria diferente. Ela estava com muita raiva dele e usaria essa força para sair do casamento fracassado.

Com esses pensamentos lhe fazendo ronda, levou um susto quando o telefone tocou.

— Oi mãe, tudo bem com vocês? E o pai está bem?

— Sim, minha filha, tudo bem por aqui, sim. Estou só ligando pra saber se por acaso você não está pensando em nos visitar.. Seria tão bom, estamos com tanta saudade!

— Mãe, por coincidência, estou pensando sim. Decidi comprar um carro e ir dirigindo!

Não comentou que o filho talvez não fosse, os avós não compreenderiam bem a situação. Ou, talvez, compreendessem bem demais. E aí é que estava o problema. Não queria deixá-los preocupados. Não mais do que ficariam só de saber que ela iria sozinha. O pai se ofereceu para vir de ônibus e voltar dirigindo. Ela agradeceu e recusou. Pediu para ficarem tranquilos, tudo daria certo. Pedido inútil o meu! Desde quando os pais conseguem ficar tranquilos e não se preocupar com os filhos?", pensou Silvia.

Mais tarde, deitada de costas, com a cabeça apoiada em um dos braços, pôs-se a pensar em que momento ela e Raul tinham construído a muralha que os separava agora. E se havia uma forma de derrubá-la. E se ambos queriam derrubá-la, afinal.

Na época do acidente, ela se considerava apaixonada pelo marido. Agora, fazendo uma retrospectiva, percebia que a vida conjugal já não se sustentava e ela é que não percebera. Era ela quem puxava todas as conversas mal respondidas. Era ela quem tinha a iniciativa do abraço o qual era frouxamente correspondido. Após o acidente, o comportamento avesso do marido evidenciou-se e então ela percebeu as acusações veladas nos olhares duros e apertados, no cinismo esboçado nos lábios e nas frases mal terminadas. O lado crítico de Raul aflorava como rocha poderosa e lhe esmagava. As caronas diárias desde então lhe deram a certeza de que eles tinham perdido a conexão enquanto casal. Aquele estranho ao seu lado, no carro, sisudo, mal-humorado e áspero, não era mais a pessoa com quem tinha se casado.

Ela chegou a pensar, na época, que havia outra mulher na vida dele. Mas, descartou essa hipótese, pois se ele passava todo o tempo no trabalho ou em casa debruçado sobre os processos, em que momento estaria com outra pessoa? Além do mais, se houvesse outra mulher ele estaria feliz como andam os apaixonados e não se importaria em se separar dela. Ou será que se importaria? Será que não andaria estressado e nervoso por não saber lidar com a situação? Esta alternativa combinava melhor com a personalidade de Raul.

Poderia estar apaixonado por alguma colega sim, pois eram tantas as advogadas jovens e bonitas que ele encontrava todos os dias. Mas, se assim fosse, por que não pedia o divórcio e a deixava em paz? Não sabia como funcionava a cabeça dos homens. Havia um padrão de comportamento para quando se apaixona por uma pessoa estando casado com outra? Depois, ria sozinha e pensava "que bobagem", pois bem sabia que não deve haver padrão de comportamento para esse tipo de coisa. Cada pessoa é um universo diferente e desconhecido, cogitava. Mas, uma dor incômoda na altura do coração, que ela julgava ser ciúmes, lhe tirava o equilíbrio e a paz de espírito.

Mesmo depois da cena presenciada no escritório de Raul, não tinha certeza se ele a traía (seria com a moça que viu?) ou se a casmurrice do marido tinha outras causas. Seria ele sisudo e áspero com ela, mas gentil e simpático com as outras mulheres? Fosse isso, significava que não gostava mais dela e então não se importaria em lhe dar o divórcio.

Nas atuais circunstâncias, porém, os sentimentos do marido não a interessavam mais. Ela precisava, isto sim, tomar atitude e cuidar da sua vida sem Raul. Deu água para as plantas e foi conversar com Pedro sobre a viagem.

— Oi filho, posso entrar? — perguntou batendo de leve na porta e abrindo uma fresta. Ele não se virou, mas disse sim com a cabeça, enquanto a mão direita manobrava o mouse em movimentos frenéticos. Na tela do computador, corredores escuros e figuras sinistras se enfileiravam, se esgueiravam e se enfrentavam com armas e manobras estranhas. Silvia olhou aquilo e até se esqueceu por alguns segundos do que a trazia ali.

— Filho, é o seguinte: você estará de férias semana que vem. Vamos viajar?

— Viajar pra onde? — perguntou, enquanto o corpo se alongava para a direita e para a esquerda, acompanhando o fluxo do jogo.

— Para a casa dos seus avós. Faz tempo que você não vai. Eles estão com saudades e seus primos estão esperando por você.

— Esperando por que? Eu não falei com eles!

— É modo de dizer, filho. Eles sabem que você estará em férias e a avó telefonou nos convidando. Lá vocês podem acampar na fazenda, pescarem no rio, que tal?

— Não, obrigado — disse o menino tentando encerrar as investidas da mãe.

— Por que não Pedro? Você pretende passar o mês inteiro dentro de casa sozinho, na frente desse computador? Sabia que eu tenho vontade de jogar isso no lixo? Silvia disse exasperada, apontando para o computador.

— Ah, mãe, não enche. Não gosto de viajar pra lá. Só isso. Prefiro ficar jogando ou indo no shopping com meus amigos.

—Que amigos, Pedro? Eu nunca vejo você com amigo nenhum. Se pelo menos você saisse aí fora brincar com os outros meninos do condomínio!

— Brincar mãe? Eu não sou mais criancinha pra brincar!

— Está bem, está bem! Filho, vamos mudar um pouco a rotina, me acompanhe por favor! São só dez dias, ou menos, se você quiser — Silvia olhava o filho com a aflição, enquanto a resposta não vinha e ele continuava nas manobras de corpo e de mouse, agora com a boca semi aberta.

— E então Pedro, me responda! Não tenho a noite toda para esperar — disse a mãe levemente alterada.

— Não, mãe, não vou. Mas pode ir tranquila, fico aqui com o pai. A gente sai pra comer fora.

— E enquanto seu pai trabalha, vai passar o tempo todo aqui?

— Não, não vou ficar só no computador respondeu ele com uma olhada apressada para a mãe, com um pedido velado para ela encerrar a conversa e se "mandar" dali.

— Então, tchau Pedro.

—Tchau, mãe.

Saiu triste do quarto do filho, embora já imaginasse aquele desfecho. Devia ser muito ingênua para achar que tinha alguma chance na queda de braço com o computador. Respirou fundo e pensou: tudo bem, tudo bem, eles querem ficar nesse mundo emburrrado deles, que fiquem. Pelo menos, dessa vez, Pedro me respondeu e foi até educado.

Mas uma dor profunda de preocupação com o filho sozinho naquele quarto não a deixava em paz. Ah, como ela queria que ele fosse alegre, animado, exigente da presença e da companhia dela. Que a convidasse para filmes e séries na

TV, que pedisse carona para a casa de amigos, que dissesse "mãe, faz bolo de chocolate hoje?"; "mãe, faz nhoque e pavê de bolacha?" Ah, como devem ser felizes as mães requisitadas!

Tomou um sedativo e dormiu profundamente. Sonhou com viagens estranhas, malas perdidas, carros que não funcionavam e o pior pesadelo possível: Pedro, ainda criança, estava junto, mas enquanto ela procurava a mala perdida numa estação, o filho desaparecia. E então ela saía a correr por ruas escuras e tortuosas da cidade desconhecida, enquanto chamava, chorando, pelo filho. Teve dificuldades para sair do pesadelo e quando conseguiu, acordou molhada de suor e com a cabeça pesada.

Levantou-se mais tarde que o habitual, cansada e com sono. Mesmo assim, quando Raul chegou na cozinha, ela já tomava o café da manhã e não respondeu ao bom dia dele e não mudou a direção do olhar distante. Talvez pela primeira vez, durante o casamento, ele tenha sentido um aperto no peito, uma dor de perda. Não disse nada e tomou um café preto em pé. Após minutos de silêncio constrangedor entre estranhos que dividem o mesmo ambiente, ela sentiu os olhares desconfiados do marido que engolia o último gole de café e saía em direção ao carro, sem perguntar se ela queria carona. Silvia sentiu uma espécie de sufocamento no coração e na garganta e chegou a ter medo de perder o controle na hora e no lugar errados. Telefonou para a clínica avisando que chegaria mais tarde e pegou um táxi em direção a uma concessionária que ficava do outro lado da cidade. Era sua prova de fogo. Depois de tanto tempo, sairia dirigindo sozinha e com um carro novo! Bem, talvez não pudesse sair de lá com o carro, acaso não tivesse pronta entrega.

Na loja foi atendida de imediato, pois naquele horário da manhã, era a única cliente. Viu cores, preços e condições de pagamento dos diversos modelos daquela montadora. Gostou de um modelo que estaria disponível em uma semana ou dez dias. Fechou negócio, assinou a papelada de praxe, pagou o sinal e foi ao trabalho. A manhã tinha passado. Estava na hora do almoço e embora não sentisse fome, precisava aproveitar o tempo antes de chegar na clínica. Hoje contaria às colegas sua façanha. Tinha comprado um carro sem a ajuda de ninguém. Almoçou sozinha num restaurante próximo. Tentou comer devagar, mas o coração batia apressado; sentia-se eufórica e com muita pressa de chegar na clínica, ver as colegas, os pacientes e contar seu grande passo. Ou a pressa era que o tempo voasse e ela pudesse viajar? Parecia que aquela viagem resolveria todas as dificuldades de sua vida. Ela sabia que não, mas a perspectiva de encontrar um refúgio seguro nos braços dos pais e irmãos, da terra natal, além de fugir da rotina doméstica, lhe trazia uma ansiedade e uma alegria quase desconhecidas. Ou essa alegria e ansiedade eram causadas por uma simples tomada de decisão?

Fosse pela compra do carro ou pelo fim do casamento, fosse por viajar sozinha e não se deixar dominar pelo medo e insegurança, o que lhe importava naquele momento era que voltava a sentir-se viva como há muito tempo não se sentia.

Imagino Raul, naquele dia, entrando no saguão do prédio e afrouxando a gravata que sempre lhe sufocava mais que o normal. No décimo quinto andar, descendo sem se despedir das pessoas do elevador, no escritório cumprimentando sisudo os estagiários e advogados que conversavam descontraidamente. Imagino todos respondendo constrangidos e voltando a atenção ao trabalho.

Será que ele gostava de se sentir assim, sem paciência para conversas e percebendo que causava medo e constangimento aos colegas e à esposa?

Raul era um homem inteligente, esclarecido e bem sucedido. Devia se auto conhecer minimamente e saber que tinha uma personalidade forte, crítica e detalhista, que gostava de trabalhar calado e em silêncio. Devia saber que a sua falta de paciência para conversas estava sendo insuportável à esposa. Esperaria ele que Silvia fosse diferente, agisse de outra forma, que não demonstrasse uma calma fingida, enquanto estivesse explodindo por dentro? Preferiria que ela fosse impetuosa e intempestiva, mas cheia de carinhos por ele e pelo filho? Que não agisse como um robô, fingindo tranquilidade e mal olhando para ele, não o procurando mais como antigamente? Era provável que Raul quisesse uma esposa ativa e uma mãe influente na vida do filho, uma mulher que gostasse de promover jantares para seus amigos e colegas e também de frequentar aos lugares e eventos aos quais eram convidados, mas que ele dispensava por saber que ela não gostava. Consideraria a clínica de fisioterapia um passatempo ou um atrapalho na vida da esposa e ela, Silvia, uma teimosa que não admitiria a possibilidade de não trabalhar como fisioterapeuta? Ele poderia muito bem provê-la a fim de que ela desse mais atenção ao filho e não querer mandá-lo ao psicólogo! Silvia precisava também sair de sua zona de conforto e mostrar o que sentia, mas não daquela forma. Não dando vexame justamente no seu trabalho, na frente dos colegas, saindo correndo do escritório, dando a entender que ele a estava traindo! A atitude de Silvia criou constrangimentos perante a nova advogada do escritório.

Imagino que Raul tenha ficado irado pelos pensamentos que o afastavam da concentração nos processos judiciais, que se reproduziam em escala geométrica, e formavam pilhas e pilhas de pastas volumosas nas prateleiras e escrivaninhas de seu escritório. Devia gostar disso, pois significava trabalho, ocupação mental e rendimentos monetários. Por outro lado, significavam falta de tempo e de paciência para a administração dos problemas familiares.

Quando os braços doeram e a cabeça pesou, vi que passava da meia-noite e pelo silêncio da casa, todos pareciam dormir. Espreguicei-me, desliguei o computador, apaguei as luzes. Passei no quarto das filhas, abri a porta de mansinho e espiei. As duas dormiam. "É claro, estão cansadas, acordam cedo todos os dias", pensei sorrindo.

Chegando no meu quarto, vi que Eduardo estava recostado na cama meio deitado, meio sentado, segurando um livro que teimava em cair de suas mãos sonolentas.

— Hum, ainda acordado! Me esperando, por acaso? — eu disse, enquanto insinuava uma pose sensual e abria a porta do banheiro. Ele, imediatamente, endireitou-se e disse:

— É claro que estou lhe esperando, moça. Pensou que fosse me achar dormindo? — disparou ele, me mandando um beijo — Tenho uma proposta a fazer, não demore. — Lembro-me de ter voltado até a porta do banheiro, enxugando o rosto, e curiosa, perguntado:

— Uma proposta indecente?!

—Indecentíssima e irrecusável! Mas apenas para pessoas espertas e inteligentes.

— Olha só! Nem fez a proposta e já está me chantageando! — respondi enquanto caminhava para a cama — Estou aqui. Pode fazer sua proposta — eu disse, enfiando-me debaixo das cobertas, pois o frio do inverno mostrava sua cara.

— Olha isso aqui — disse ele, me estendendo um livro — Fiquei sabendo hoje na empresa que preciso viajar semana que vem para Portugal e Espanha.

— Ah, é? perguntei tentando adivinhar a proposta.

— Sim. E aí pensei que faz tempo que não viajamos juntos. Só fomos até à praia no último verão por poucos dias. Sempre viajo pra fora sozinho. Pensei que você podia me acompanhar, eu tiro uns dias de férias e a gente dá uma esticada até a França ou Itália. Que tal?

— Será, Edu? Você vai a trabalho. Não sei se é uma boa eu ir também. Até quando posso te dar uma resposta?

— Até amanhã, ok? Nem um dia a mais. Se você recusar um convite desses, eu arrumo uma amiga pra me fazer companhia... — respondeu ele rindo e piscando um olho.

— Ah é?! — tirei o travesseiro das minhas costas e bati nas costas dele, que se defendia, rindo.

— É claro! Você só aceita meus convites sob chantagem!

— Isso é sujeira, Du. Você não deve nem brincar com isso. Sabe que morro de ciúmes!

— Oh amor, você sabe que não tenho olhos pra mais ninguém! Só pra você e pras nossas princesas — ele disse, enquanto tentava me abraçar e eu me esquivava, incomodada pela surpresa da proposta e pela ameaça de traição. Mas, como sempre, depois de um tempo, com carinho e paciência, Eduardo venceu minhas resistências. Prometi a ele que daria uma resposta sobre a viagem na manhã seguinte.

No outro dia, quando acordei, ele e as meninas já tinham saído. Cheguei na cozinha ainda bocejando e me deparei com Alzira, meu braço direito (e esquerdo também!) tentando descongelar uma carne para o almoço.

— Ah, meu Deus, esqueci de novo, Alzira! Desculpa — disse eu colocando as duas mãos na cabeça.

— Não tem problema, dona Ana. A gente dá um jeito. Se não descongelar, faço uma macarronada ao molho sugo, um omelete, uma salada e pronto.

— Tá bom Alzira. Por mim está ótimo. Edu não vem almoçar em casa. É só para nós quatro. Isso se as meninas vierem almoçar. Pode ser que elas fiquem na faculdade até mais tarde e almocem por lá — respondi concordando com ela.

— Seu Edu pediu pra senhora ligar pra ele assim que acordasse.

— Hum... obrigada — De imediato me lembrei da promessa feita na noite anterior, mas pensei: Edu que me perdoe e espere eu tomar o café da manhã sossegada e dar a minha caminhada de todo dia.

Enquanto tomava o café lembrei-me que eu não sabia quanto tempo de viagem ele precisaria para o trabalho. O que eu sabia é que preferia ficar sossegada no meu plano diário de atividades, horários de alimentação, de caminhada, de yoga e, principalmente, de escrita. "Justo agora que peguei o embalo de Silvia", pensei inquieta.

Telefonei perguntando. Ele respondeu que para o trabalho precisaria de uma semana mais ou menos e que se eu quisesse, ele tiraria uns dez ou quize dias de férias para continuarmos a viagem depois. Eu, imediatamente, respondi: "Não, não, Du, só uma semana está ótimo, preciso voltar logo".

Após minha resposta ele se calou. Ele que sempre se despedia com brincadeiras e piadinhas. Dei-me conta de que o decepcionei. Era só o que me faltava agora, Du ficar chateado comigo! Bom, depois converso com ele, pensei, enquanto trocava o pijama por uma roupa de malha. Daria a caminhada diária pelas ruas do bairro, como costumava fazer antes da escrita.

Nunca gostei de academias. Caminhada e algumas posições de yoga são o máximo de atividade física que suporto. A primeira me faz ver as pessoas fora da redoma do apartamento, me faz sentir o vento no rosto, o arrepio do frio ou o calor do sol relembrando o corpo que ele está vivo. A segunda organiza os pensamentos e as emoções, faz bem. Antes de voltar ao apartamento, às vezes, me sento no banco de cimento da praça para tomar uma água de coco e observar as pessoas passando a pé ou de carro. Consigo ver em cada rosto a pressa, a aflição, a falta de dinheiro, o desemprego, a doença na família. Mas também vejo os bem resolvidos, que caminham com um sorriso no rosto. Vejo estudantes alegres, apaixonados uns, outros tímidos, cabisbaixos.

E no fluxo de carros que passam pela rua movimentada que tangencia a praça, é possível observar a personalidade estressada, distraída, egoísta, arrogante e folgada dos motoristas através das freadas bruscas e buzinas, nos atrasos para a partida após a abertura do sinal, na invasão da faixa vizinha sem aviso prévio ou no uso de duas faixas ao mesmo tempo.

Os aposentados também passeiam por ali. Alguns tentam andar rápido para exercitar o corpo, outros só querem o ar fresco e o sol no rosto. Muitos levam o cachorro pela guia e ficam à mercê do bichinho que escolhe onde parar e a direção a seguir. Ah, se fosse numa cidade pequena, com certeza eu conversaria com a maioria das pessoas que costumo observar. Mas nas grandes cidades — ou é apenas em Curitiba? — não se tem o hábito de conversar com estranhos, mesmo que nos esbarremos com eles todos os dias no elevador e nas escadas dos prédios, nas esquinas ou na porta da panificadora onde compramos o pão. Vejo que alguns aposentados puxam conversa com quem lhes atende nos comércios, mas conseguem como resposta monossílabos apressados. Por outro lado, reconheço que os Curitibanos não fazem isso por simples antipatia ou pedantismo.

Esforço-me, ao menos, para pensar que não seja por isso, mas por não querer meter-se na vida do outro, por um respeito exagerado ao espaço alheio. Talvez pelo clima frio que dizem retrair as pessoas e talvez, ainda, pelo DNA europeu que costuma ser ético, mas frio. Quem sabe?

Quando terminei a água de coco, me levantei sem pressa, joguei o copo no cesto de lixo próximo e rumei para casa.

Tomei um banho morno, me agasalhei e corri para a frente do computador.

Em criança e adolescente, Silvia acompanhava a mãe às missas católicas e procurava algum sentido ou emoção nas palavras dos sacerdotes, carregadas de sotaque estrangeiro e que ela mal entendia. Os rituais pareciam frios e não faziam sentido ao seu coração. Mais tarde, na cidade grande, conheceu com as colegas do pensionato centros Kardecistas, templos budistas e messiânicos, igrejas protestantes. Algumas vezes foi às missas católicas e compreendeu que a fé é única, não importa o nome que os homens deem a ela nem os rituais que façam para demonstrá-la. Continuou sem entender se o Ser que chamam Deus é uma força ou energia única e existe da forma como os homens o imaginam, mas sentiu que existem no universo energias que não vemos e que provavelmente interferem em nossas vidas mais do que sabemos. Não se apegou a nenhuma das religiões que conheceu, mas sentia que a religiosidade, fé ou conexão com o Divino adormeciam dentro dela e um dia despertariam.

Talvez seja o momento, pensou ela, pois nas últimas semanas a turbulência das emoções se alternava com preces, silêncios e pensamentos.

No dia de pegar o carro Silvia estava trêmula, ansiosa e desconcentrada. Resolveu buscar o sossego na igrejinha esquecida no fundo de um terreno murado nas proximidades da clínica. Durante a semana aquela igreja parecia não ser frequentada por ninguém, mas talvez se enchesse de fiéis nos sábados e domingos. Os portões abertos lhe deram as boas vindas e já ali ela sentiu um nó na garganta. Entrou devagar, envergonhada por parecer invadir casa alheia. Sentou-se no banco da terceira fileira central perto do altar, olhou as imagens e fechou os olhos. Ajoelhou-se, como aprendera em menina, abaixou a cabeça entre as mãos cruzadas que se apertavam com força, ensaiou um Pai Nosso enquanto se lembrava das últimas aflições e, então, as lágrimas começaram a escorrer por suas faces avermelhadas. Conseguiu a custo segurar os soluços, com vergonha de outras pessoas que poderiam estar na igreja.

Aos poucos se acalmou. Permaneceu ajoelhada, de olhos fechados e mãos entrelaçadas na altura da testa por vários minutos. Depois, se sentou, pegou lenços de papel na bolsa, enxugou o rosto, fez o sinal da cruz e saiu se sentindo mais leve.

Na clínica, as colegas repararam nos olhos vermelhos dela, mas como atendiam os pacientes espalhados pelas macas e aparelhos, nada disseram.

Até às dezesseis horas Silvia trabalhou normalmente. Depois disso, começou a alternar os olhos entre o relógio de parede próximo e o relógio de pulso. Então Elaine perguntou:

— Silvia, o que há com você hoje? Parece aflita!

— É que vou pegar o carro daqui a pouco e nem sei se vou conseguir dirigir — confessou ela.

-—Ah, então é isso, sua boba, é claro que vai conseguir. Imagine só, que bom. Quer que eu vá com você?

— Não, não se preocupe, acho que sobreviverei. Se não conseguir hoje, outro dia consigo.

— É claro, isso mesmo. E o Raul não pode ir com você?

— Este é outro problema Elaine. Raul nem sabe que comprei um carro.

— Ora, mas por quê? Ele não queria que você comprasse o carro?

— É uma longa história. Outra hora te conto, tá bom?

Silvia deu um tapinha nas costas da colega e se afastou em direção à sala ao lado. Depois que as colegas encerraram a conversa, as duas idosas deitadas nas macas próximas se olharam, e como Elaine também saisse de perto, comentaram:

— Será que Silvia comprou um carro e não sabe dirigir?

— Pois é, e que estranho o marido não saber! Alguma coisa está errada nisso aí...mas deixa pra lá que não temos nada com isso, não é?

— É isso mesmo — respondeu a outra, voltando a se concentrar nos exercícios que fazia.

Às quatro e meia da tarde Silvia pegou a bolsa, se despediu das colegas e pacientes e caminhou até o ponto de táxi próximo. Enquanto o carro percorria as ruas da cidade, ela implorava o auxílio Divino para ajudá-la a vencer o medo e as travas psicológicas que a impediam de dirigir. Chegou na concessionária quinze minutos depois, resolveu as burocracias pendentes e acompanhou o vendedor até o carro, coberto com um pano preto e um laço de fitas gigante. O vendedor descobriu-o e ela deparou-se com o carro bonito brilhando ao alcance das mãos; as chaves tilintavam entre os dedos, esquentando-os. O coração batia acelerado e ela sentia o rosto queimar. O vendedor devia pensar que era o primeiro carro daquela moça emocionada e nervosa. Não deixava de ser um pouco verdade. Aquele era seu primeiro carro com câmbio automático e GPS embutido. E era o primeiro depois do acidente e do trauma sofridos. Ele pediu para ela sentar no lugar do motorista e mostrou como funcionavam todos os comandos. Ela prestou atenção, perguntou algumas coisas e agradeceu. O rapaz deu os parabéns pela compra, apertou-lhe a mão e saiu de perto. "E agora Silvia?", ela pensou, entre o pânico e a busca da coragem. E, para complicar sua vida, tinha que vencer a rampa em forma de curva que ligava o terceiro andar, onde estava o carro, à rua. Por um instante, olhou na direção de onde o vendedor tinha desaparecido pensando em pedir sua ajuda. Mas por vergonha ou pela resposta Divina aos seus apelos, uma coragem instantânea a empurrou para dentro do carro e ela deu a partida. Pisou levemente no acelerador e percebeu que era macio e sensível. Foi descendo a rampa devagar enquanto o corpo tremia. Teve vontade de chorar, mas se segurou, deu uma bronca em si mesma e conseguiu chegar ao fim da rampa. Pronto! Agora precisava enfrentar o trânsito e dirigir até sua casa do outro lado da cidade. Arrependeu-se de não ter vindo mais cedo. Ligou o rádio do carro para aliviar o nervosismo e procurou por ruas mais tranquilas, fugindo das avenidas movimentadas. Aos poucos, a tremedeira do corpo deu lugar a um formigamento nas pernas e nas mãos. Era só o que faltava, pensou. Nos sinais vermelhos, movimentava os pés e as mãos na tentativa de acabar com o formigamento. O rosto continuava queimando e ela nem quis se olhar no espelho. Respirava fundo e pensava: tudo vai dar certo, tudo vai dar certo. Os carros apressados a ultrapassavam com frequência, enquanto ela seguia devagar pela faixa da direita. Foi dessa forma, que após trinta e cinco minutos de tensão, chegou ao condomínio onde morava.

Estacionou na garagem espaçosa e suspirou aliviada. Encostou a cabeça no volante e agradeceu à bondade Divina por tê-la trazido sã e salva, pois não teria conseguido sem a ajuda especial, tinha certeza! Entrou em casa, espiou o quarto do filho e viu que ele ainda não tinha chegado da escola. Tomou um banho quente e demorado para relaxar os músculos tensos e doloridos. Depois, se jogou na cama e fechou os olhos. Estava quase dormindo quando ouviu a porta da sala batendo e o filho entrando. Levantou-se cambaleante e foi ao seu encontro. Uma hora depois, ouviu o carro do marido estacionando na garagem e sentiu um aperto no peito. Tinha medo do confronto, do julgamento e da condenação. Ela estava na sala quando ele entrou perguntando, com voz autoritária:

— Que carro é esse aí fora?

— É meu. Comprei — ela respondeu ofegante.

— E conseguiu dirigir?

— Consegui, por que? Achou que eu não conseguiria? — disse Silvia com raiva.

— Nada não — Respondeu ele, enquanto jogava o paletó num espaldar de cadeira e caminhava em direção ao quarto.

E agora, pensou ela, qual será o próximo passo desse cara emburrado? Vai me desprezar porque comprei um carro sem sua autorização, me agredir ou continuar me ignorando?

Silvia não se dava conta de que o seu medo, recuo e vitimização criavam vibrações que inflavam o ego e o orgulho do marido, afastando um do outro cada vez mais.

No quarto do filho, que iniciava a maratona de jogos, ela perguntou:

— Pedro, viu o carro que comprei?

— Vi, mas por que se você pega carona com o pai?

— Isso não vem ao caso, filho. Quero saber o seguinte: vou viajar daqui a alguns dias e você estará de férias. Não quer mesmo vir comigo? A gente vai devagar, parando para descansar e lanchar onde você quiser; vamos? — Pedro parou de jogar por um instante e olhou para a mãe. Mas, antes de responder, voltou ao jogo, dizendo: — Não mãe, obrigado. Vou ficar por aqui com meu pai.

— Certeza, filho? Lá, tem os primos, pode pescar, ir na sorveteria e pizzaria à noite. Jogar bola, sei lá, até jogar no videogame, mas com os primos, não sozinho, como aqui.

— Outra vez eu vou, tá bom mãe?

— Então está bem, filho. Eu vou sozinha mesmo. Não tem problema. Uma outra vez você me promete que vai?

— Prometo.

Silvia não sabia se a promessa tinha consistência, mas a aceitou de bom grado.

Ela saiu do quarto do menino, telefonou aos pais avisando que viajaria no sábado pela manhã. Ficaram preocupados. O pai perguntou outra vez se ele não deveria vir para viajar com ela. Ela agradeceu e recusou. Precisava se sentir curada desse medo.

Raul saiu do banho e, no caminho para a cozinha, perguntou a Silvia se já tinham jantado. Espantando-se por ele ter falado com ela, seguiu-o. Ou por achar que o marido e o filho não sabiam se virar na cozinha ou porque se apegava ao fiozinho de conversa na esperança de fazerem as pazes.

Enquanto ele se servia, ela ajeitou a toalha na mesa, colocou xícaras e guardanapos. Pensou que se sentariam e conversariam sobre o carro, sobre as férias e sobre a viagem. Talvez pudessem terminar aquela conversa sobre o escritório e a colega. Talvez ele pedisse desculpas e eles fizessem as pazes, enfim. Mas Raul pegou o prato do micro-ondas e saiu em direção à sala de TV sem perguntar nada e nem olhar para ela, que ficou sentada, sozinha e surpresa. Por que as atitudes do marido ainda a surpreendiam?

Mais três dias se passaram com os dois trocando poucas palavras pela manhã e à noite, quando se encontravam na cozinha. Na cama, ele chegava depois da meia noite, ela fingia dormir, ele fingia acreditar e virava de costas. Se era assim que ele queria, assim seria, pensava Silvia. Na volta da viagem pediria o divórcio. Aquele casamento tinha acabado, disso ela tinha certeza.

Na sexta-feira à noite, enquanto ela arrumava as malas, Raul entrou no quarto e disse:

— Você vai abandonar o Pedro sozinho em casa e de férias? E, além disso, nem sabe dirigir na estrada, pode se enfiar debaixo de um caminhão. Se tivesse juízo, iria de ônibus!

Silvia percebeu o esforço que o marido fazia para descer de seu pedestal e confrontá-la. Ele estava branco e com os olhos vermelhos. Parecia meio trêmulo.

— Raul, eu perguntei várias vezes e insisti para o Pedro vir comigo, mas ele não quer viajar. Só quer saber da droga do computador e do videogame. E prefere ficar sozinho. Você acha que isso é culpa minha? Por que você, que é um pai perfeito, não o convence?

— Se ele não quer viajar, não posso fazer nada. Quer que eu o obrigue?

— Bom, então sinto muito, eu preciso viajar, sair do clima ruim desta casa, sair de perto de você e se não fosse Pedro, eu não voltaria!

Silvia falou exaltada e trêmula, enquanto tentava dobrar as roupas e colocá-las na mala. Ele não disse mais nada e saiu do quarto. E ela chorou convulsivamente outra vez. Parecia que o marido tinha o poder de desequilibrar-lhe todas as estruturas, de retorcê-la como a uma peça de roupa velha até quase desmanchá-la. A raiva que sentia dele, há alguns dias, tinha amenizado e apesar de saber que não voltariam a ser um casal, preferia que voltassem a conversar, civilizadamente, ao menos. Mas, como era difícil manter um relacionamento amigável com Raul, pensou. Se essa vinda dele até o quarto fosse para discutir a relação ou fazer as pazes, era provável que ela cedesse. Mas a intenção dele era outra. Queria que ela desistisse da viagem, a fim de poupá-lo do trabalho com o filho, pensou Silvia chateada.

Terminou de arrumar as malas, respirou fundo algumas vezes. Precisava dormir cedo e dormir bem para enfrentar a viagem na manhã seguinte. Despediu-se do filho e se deitou.

Naquela noite, Raul não dormiu no quarto outra vez. E Silvia não conseguiu dormir. Às duas da manhã, se levantou e foi à cozinha. Não viu o marido, que devia estar no quarto de hóspedes. Encheu um copo com água e voltou ao quarto. Tomou um relaxante muscular para ajudá-la a dormir. Precisava estar inteira pela manhã, caso contrário, como enfrentaria uma viagem longa e perigosa? Deveria ter tomado esse comprimido há muitas horas, como era sonsa! condenou-se.

Mesmo com o comprimido que costumava agir sobre ela como sonífero, demorou a pegar no sono profundo. Quando acordou, na manhã seguinte, já passava das nove e trinta. Estava muito atrasada, pois planejara pegar a estrada o mais cedo possível. Pulou da cama, espiou o filho dormindo. Na cozinha, colocou água para esquentar e voltou ao quarto trocar o pijama por uma roupa de viagem. Fez café, arrumou a mesa, escreveu um bilhete e foi até o quarto de Pedro. Observou-o dormindo e teve vontade de chorar. Por que os filhos crescem tão rápido e deixam de gostar das mães? Deixam de querer o colo e o carinho das mães? As lágrimas escorreram livres pelo rosto dela, que se abaixou, deu um beijo no rosto dele e deixou o bilhete na mesinha ao lado da cama.

Ela não conferiu se Raul dormia no quarto de hóspedes, mas tinha a certeza que sim, pois o carro dele estava na garagem, grande e imponente, parecendo esmagar o seu.

Tomou o café de forma apressada, colocou as bagagens no porta malas, digitou o nome da cidade natal no GPS do carro e saiu em direção ao seu oásis particular.

Depois de uma hora ou pouco mais, pai e filho acordaram e sentiram a casa mais vazia que nunca. A mãe tinha mesmo viajado. Teria Raul esperanças de que a viagem de Silvia não passasse de um blefe? Imagino Pedro trazendo o bilhete da mãe e mostrando ao pai, que com semblante fechado leu:

Meu querido,

aconteça o que acontecer, saiba que te amo e vou sempre esperar que você queira viajar comigo. Te cuide e fique com Deus.

PS: tem bastante comida pronta no freezer, é só esquentar. Mas saia pra comer fora com teu pai, está bem?

Te amo muito.

Imagino Raul lendo e relendo o bilhete de Silvia. Teria ele ímpetos de queimá-lo ou rasgá-lo em mil pedaços? Mas não faria isso. Ele era um cara civilizado, controlado, por mais furioso estivesse. Deve ter devolvido o bilhete ao filho, passado a mão em sua cabeça e saído de perto. Devia estar com muita raiva da mulher. A vontade de magoá-la, feri-la e despertar nela alguma coisa que ele não identificava deve ter lhe apertado o peito. Teria tido ele vontade de telefonar-lhe pedindo que desistisse da viagem e voltasse?

Enquanto escrevo, é comum me esquecer de agendar uma consulta médica, fazer um pagamento ou comprar algo pela internet, mas não é comum me esquecer dos compromissos assumidos com outras pessoas. Mas, naquele dia...

Quando me dei conta, a tarde estava acabando, já era hora de Eduardo voltar para casa e eu não tinha lhe dado a resposta sobre a viagem. Ele devia estar chateado comigo. Liguei para seu celular, mas deu na caixa postal. Estranhei, pois ele sempre atendia de primeira. Como estava no horário em que ele costumava chegar em casa, fiquei tranquila e aguardei, pensando em fazer algo para deixá-lo feliz e atenuar minha culpa.

Escolhi um dos seus vinhos preferidos, despejei no *decanter*, separei os ingredientes para uma sopa e coloquei no fogo. Saí para a sacada de frente para a rua e aguardei ansiosa pelo carro dele que apontaria ao longe, diminuiria a velocidade e entraria na garagem do prédio. Olhei as horas, passava das seis e meia, cedo ainda. Fiquei na sacada por uns quinze minutos alternando o olhar entre o movimento da rua e o celular. Nenhuma ligação perdida dele, nada. Eu forçava o pensamento numa direção: "ele deve ter passado na panificadora ou está comprando algo para o jantar."

Lá fora, o fim de tarde de outono foi substituído de forma repentina pela escuridão da noite. Brilhavam agora as luzes dos postes, dos faróis dos carros e dos apartamentos. Telefonei outra vez, mas ele não atendeu. Eu não insistiria, pois temia atrapalhá-lo. Podia estar dirigindo ou numa reunião. "Reunião... será isso? Mas, por que ele não me avisou se tinha alguma reunião até tarde hoje?". Esses pensamentos me perturbavam, me tiravam a paz. Eu, sempre tranquila, confiante e corajosa, naquela hora parecia uma jovem apaixonada que levava o cano do namorado.

Fui ao quarto das meninas e perguntei se elas tinham notícias do pai. Responderam que não e perguntaram por que eu não ligava para ele.

Julia e Laura tinham chegado em casa logo depois das duas da tarde, almoçaram atrasadas, tomaram banho e passaram a tarde transitando entre sala-cozinha-quarto, livros, telefonemas e lanches. Essa era a rotina diária delas, que às vezes colocavam um filme e me chamavam para ver. Eu, apesar de não gostar de qualquer filme, dizia que sim e aproveitava para descansar os olhos do computador e usufruir da companhia das filhas. Se o filme fosse bom, eu assistia. Caso contrário, arrumava coisas para fazer na cozinha, como pipoca, sanduíches, suco, café ou chocolate quente. Assim, além de não desapontá-las, deixava-as felizes com mimos e guloseimas. Naquele dia elas não sabiam do impasse que se havia criado entre mim e o pai delas por causa da viagem.

Quando deu dezenove horas sem que Eduardo chegasse, desliguei a sopa e resolvi fazer uma extravagância: encher a banheira de hidromassagem e relaxar. Normalmente não faço isso, pois sou impaciente para banhos demorados e evito o desperdício de água. Mas, naquele dia tive vontade e o fiz, talvez na esperança de que o tempo passasse logo e ele chegasse. Saí meia hora depois, enrolada no meu roupão preferido e toalha nos cabelos, pensando: Agora sim, se o Edu não chegou, vou ficar preocupada! Percorri corredor, sala, escritório, cozinha e vi que as meninas estavam em seus quartos e o restante da casa silenciosa. Olhei o celular que continuava sem nenhuma chamada perdida. Eu sentia uma dor no peito enquanto discava seu número pela terceira vez e pensava: justo hoje que estou ansiosa, ele não chega! Pela terceira vez, deu na caixa postal. Na tentativa de driblar a aflição, voltei à cozinha, arrumei a mesa com salada, pães, queijos, pimenta, taças. Olhei outra vez o relógio: vinte horas. A dor no peito se espalhava pela boca do estômago e até abaixo do umbigo. Fui para a sacada outra vez. Na noite escura tremeluziam as luzes dos apartamentos vizinhos e algumas estrelas apareciam tímidas e distantes. E eu, aflita e culpada. Por que não fiquei exultante com o convite para viajar com ele e disse um sim bem grande na noite anterior? Por que não dei uma resposta para ele logo cedo, antes de sair para a caminhada? Por que não tinha me lembrado de telefonar assim que voltei da rua? Por que não mudei a maldita rotina só por dia? Tudo estaria nos eixos agora se tivesse lembrado de telefonar ou dito sim logo de cara. Começava a sentir fome, pois não comia nada desde a hora do almoço. Liguei a televisão. Entre uma notícia e outra, eu alternava os olhos da rua à porta da sala, na vã esperança de vê-lo chegar de repente. O cansaço físico e emocional somado ao som monótono da televisão me deram sono. Deitei no sofá e já quase dormia, quando Eduardo abriu a porta da sala e entrou. Levantei depressa e me joguei nos braços dele quase chorando.

— Ei, o que aconteceu mocinha? perguntou ele assustado;

— Estou te esperando desde às seis da tarde Edu! E agora já são quase nove da noite! Você não avisou nem atendeu o telefone! Fiquei aflita.

— Eu estava em reunião desde às cinco da tarde, meu amor! Só isso. Não avisei porque achei que não ia demorar tanto. E depois, é bom você sentir um pouquinho de falta, não acha?

— Não faça mais isso, ouviu bem? — Bati em seu braço com uma almofada do sofá — Mesmo que vá atrasar um pouquinho, me avise!

— Olha só, está ficando possessiva a minha escritora preferida. Por acaso está com ciúmes? Não quer viajar comigo e fica com ciúmes? Eu é que deveria estar preocupado! — respondeu ele se afastando um pouco para me olhar nos olhos.

— É que tenho prazo para entregar o livro e estou um pouco atrasada, só isso. E agora peguei um certo embalo, não queria parar por muito tempo, entende? — justiquei titubeante.

— Está bem, Ana, mas acho que uma semana ou dez dias não fariam tanta diferença assim. E, depois, nada impede que continue a escrever de onde estiver.

— E quando é a viagem?

— Não vou mais.

— Ah, sério?

— Sério, perdi o tesão de viajar agora. E a minha presença não era tão imprescindível assim. Passei todas as informações para um colega que estava louco pra ir.

— Puxa vida, agora ficou ruim pra mim. Vou me sentir culpada.

—Não se sinta, querida — disse Eduardo, enquanto caminhávamos abraçados para a cozinha.

Até chegar à rodovia para o interior do Estado, Silvia precisou controlar o medo de pegar a saída errada e de fazer uma bobagem perigosa. Pistas de alta velocidade, caminhões e viadutos a deixavam apavorada. As pernas tremiam e o coração batia descompassado. Ela não tirava o olho da estrada e do GPS que dizia e mostrava onde entrar e que caminho seguir. Passados trinta minutos, chegou à estrada que seguia numa reta quase contínua até a cidade dos pais. Agora podia ouvir a música que tocava e pensar que tudo daria certo. Tudo precisava dar certo. Dependia dela dirigir com cautela e chegar inteira ao destino, o que pelos seus cálculos deveria acontecer pelas seis horas da tarde ou um pouco mais, pois dirigia sem pressa e pretendia parar algumas vezes para descansar.

Há décadas, a viagem para o interior do Estado do Paraná se transformava em uma aventura perigosa. As estradas são corredores agroindustriais de todas as cidades do Sul do País até o Porto de Paranaguá e, por conta disso, os caminhões dominam todo o percurso. As pistas são simples na maior parte e irregulares pelo excesso de remendos no asfalto, quando não pelos buracos, sejam causados pela baixa qualidade do asfalto ou pelo alto fluxo de caminhões pesados que aceleram os danos na pista. O fato é que é comum os veículos arrebentarem os pneus nos buracos da estrada. Passam-se os meses e os anos e os buracos, ora remendados ora não, continuam causando acidentes. Para desviarem deles, carros e caminhões trafegam em muitos trechos na contramão, fazendo outros automóveis em sentido contrário saírem da estrada e capotarem ou se chocarem ambos.

Após três horas de viagem, Silvia chegou a um dos restaurantes conhecidos de beira de estrada e parou para o almoço. Tentou falar com o filho através do seu recém adquirido celular, porém não havia sinal. Teve vontade de pedir emprestado o fixo do restaurante. Mas, pensando melhor, o que poderia fazer pelo filho agora? Ela tinha que ter paciência. Ligaria quando chegasse na casa dos pais.

Era julho, pleno inverno, mas o dia amanheceu claro e o sol às vezes surgia quente e às vezes sumia por entre as nuvens. A temperatura oscilava entre 10 e 20 graus Celsius, dependendo do horário do dia. Passava da uma e meia da tarde e ela sentiu calor. Tirou o casaco, fez um lanche leve, tomou um refrigerante, foi ao banheiro. No caixa, pegou algumas barras de chocolate, chicletes de hortelã e água. Pagou e saiu sem pressa em direção ao carro. Da entrada à saída do restaurante, sentiu-se observada por olhares indiscretos dos homens e enciumados das mulheres. Nunca gostou dessas paradas de beira de estrada, apesar de saber necessárias.

Antes de ligar o carro, discou para o número fixo da casa, na tentativa de falar com o filho, mas continuava sem sinal. Deixou o casaco, a bolsa e as compras no banco do passageiro e deu a partida. Ah, como era mais fácil dirigir sem se preocupar com a troca de marchas. Ela riu satisfeita com a nova aquisição. Mais satisfeita estava por ter conseguido dirigir numa estrada perigosa, depois de tanto tempo e tanto medo. Estava passando num teste difícil, sabia disso. Faltava pouco mais de duzentos quilômetros para chegar ao destino e algumas horas de viagem pela frente. "Se a pista fosse dupla, eu estaria chegando", pensou. Percorreu mais cento e cinquenta quilômetros antes de uma nova parada, dessa vez para colocar o casaco. O sol desaparecera e a noite prometia ser gelada. Ela pensou novamente no filho que não gostava de se agasalhar. Será que Raul cuidaria bem dele? Sentiu um aperto no peito. Estava sendo uma mãe negligente e egoísta? Não deveria ter ficado perto do filho, mesmo que ele não quisesse? A música triste do CD quis fazê-la chorar. Será que estava deprimida? Desligou o som, tentou lembrar de coisas boas. Balançou várias vezes a cabeça para espantar os maus pensamentos. Sentiu que precisava de amigas. Deu-se conta de que há muito tempo não tinha uma amiga íntima, daquelas a quem a gente confessa todos os pecados e compartilha todas as alegrias. Havia sim as colegas e sócias, Patricia e Elaine, mas com elas a convivência não passava muito do âmbito profissional.

Precisava de companhia para confidências, idas ao shopping, ao cinema, corridas no parque, risos. Talvez se a convivência com o marido fosse boa, essas faltas ficariam supridas. Lembrou-se das colegas da clínica. Por que nunca aprofundaram amizades, não se encontravam fora da clínica, não se visitavam em suas casas, nem mesmo almoçavam juntas? Pensou nas amigas dos tempos do colégio de freiras na cidade pequena, do sorvete na praça nos dias de verão, da paquera de domingo depois da missa. Tinha perdido completamente o contato com elas. Depois que passou no vestibular e se mudou para a capital, nunca mais soube delas. Continuariam morando no interior ou também tinham ido embora? Perguntaria à mãe e as procuraria se pudesse. Começou a cantar a música que tocava no rádio e assim percorreu os últimos oitenta quilômetros da viagem, que agora desviava da rodovia principal e tinha menos movimento.

Passava um pouco das seis da tarde quando chegou na entrada principal da cidade de Campos Altos, sua terra natal cheia de encantos, de campos verdes e pastagens, de onde se podia ver o nascer e o pôr do sol de todos os quintais. Sua terra cheia de gaúchos casados com paranaenses, de paranaenses filhos de gaúchos. Os pais de Silvia tinham nascido no Rio Grande do Sul, filhos de imigrantes italianos fugidos da Segunda Guerra. O pai, agora aposentado, trabalhou por décadas na Prefeitura da cidade. Atualmente fazia trabalhos autônomos de contabilidade. Gostava de pescar e sempre que podia, viajava com os amigos para algum rio do Mato Grosso ou para represas próximas, onde era o cozinheiro do acampamento. Gostava de tomar chimarrão com a esposa em frente ao fogão ou na varanda da casa. Aos netos e vizinhos, contava histórias, relembrava fatos engraçados, conversava amenidades. Silvia percebia agora a riqueza escondida na simplicidade do pai.

Quando o carro dela estacionou em frente da casa, uma comitiva apareceu rindo e correndo, alguns gritando e gesticulando para chamar os outros. O pai, os irmãos e os sobrinhos foram os primeiros. A mãe chegou logo em seguida, enxugando as mãos no avental. Silvia desceu do carro e se atirou nos braços deles. Todos queriam abraçá-la ao mesmo tempo. A irmã Denise, grávida de sete meses, estava redonda e com as faces rosadas. Julio, o irmão mais velho, ofereceu-se para colocar o carro na garagem e ela indicou-lhe a chave na ignição. Os dois filhos de Julio, um de onze e o outro de quinze anos, seguiram o pai e o ajudaram com as malas. A casa ficava nos fundos do terreno gramado, tendo um leve aclive em relação à rua. Após o portão, uma escada com degraus suavizados pela pouca altura e grande profundidade dava acesso à varanda em frente à porta de entrada da casa; ao lado da escada, uma rampa com piso antiderrapante que levava à garagem. Naquele momento, Silvia não deu atenção ao pé de coqueiro, seu amigo de infância, agora envelhecido e quieto num canto do jardim, nem às palmeiras que ladeavam o terreno, nem às buganvilles que cobriam o muro baixo, agora com folhas amareladas pelo frio. Entrou na casa abraçada aos pais.

Dentro da casa, cheiro de pinhão assado, café recém passado e pão caseiro saído do forno, mesa posta com delícias e carinhos de mãe, fogão de lenha aceso. Toda aquela atmosfera de acolhimento, além do cansaço e da tensão da viagem, despertaram nela uma emoção que ameaçava desaguar em soluços a qualquer instante. O aconchego mostrava o quanto era amada e que ali sempre haveria um lugar seguro e o carinho de todos. E a emoção denunciava o quanto estava carente e sensível. Disse que precisava de um banheiro e saiu quase correndo. Em frente ao espelho chorou pela tensão vivida nas últimas semanas, pela tensão da viagem, pela culpa que sentia em relação ao filho e, também, por achar que tinha perdido seu amor para sempre. Enfim, chorou por pena dela própria. Lavou o rosto por diversas vezes, mas o vermelho dos olhos claros não desaparecia com a água. Tentou se lembrar de algo engraçado para espantar o choro, mas parecia difícil. Enquanto apoiava as mãos avermelhadas na bancada de granito, mexia a cabeça olhando para baixo, sentindo as lágrimas escorrerem. Que coisa. A família toda reunida e animada lhe esperando na sala e cozinha e ela trancada no banheiro chorando. Silvia não sabe se demorou cinco, dez ou quinze minutos para voltar. E quando o fez, estava sem graça, tentando disfarçar a crise de choro no banheiro. Pegou o sobrinho de três anos no colo e sentou-se à mesa onde os outros já a aguardavam. Apenas a mãe não estava à mesa e sim de pé à beira do fogão, esquentando o leite e cortando mais um bolo que acabara de sair do forno. Todos falavam ao mesmo tempo, o que a ajudou a se recuperar. Passado um tempo, sem o nó na garganta e com a emoção controlada relatou a experiência na estrada e o medo que sentiu em cada ultrapassagem. Ela só não queria falar do marido e do filho. No íntimo, pedia a Deus que ninguém perguntasse por eles, evitando assim uma nova crise de choro. Talvez mais tarde conseguisse falar sobre tudo e sobre eles também, mas agora não. Lembrou-se dos presentes que tinha trazido para todos. O sobrinho mais velho buscou a mala onde estavam e os dois meninos ajudaram na distribuição. A bebê em forma de barriga ganhou diversos pacotes grandes e coloridos que deixaram Denise eufórica. Mesmo abaixada junto à mala aberta, Silvia sentiu os olhares preocupados da mãe e pensou: "ela percebeu que estou triste. Eita dona Elza!" Era provável que no dia seguinte a mãe quisesse saber o que houve com ela.

Passada uma hora, os irmãos, cunhados e sobrinhos foram embora, após combinarem churrasco para o almoço do dia seguinte, domingo. Depois de ajudar a mãe na cozinha, Silvia tomou um banho quente, se enrolou num roupão de inverno e se sentou com os pais em frente ao fogão de lenha. Ela perguntou dos parentes e conhecidos, os pais perguntaram do trabalho, do neto Pedro e de Raul. Ela apresentou uma lista de desculpas que sabia não convencer nem o pai nem a mãe. Os pais sabem de tudo e nunca se enganam, pensava. Fosse por sofrimentos e perdas já experimentadas e calejadas no corpo e no espírito, fosse porque o amor paterno abre a visão sobre o pensamento e a alma dos filhos, ela percebia que os pais sabiam. Talvez outro dia eu consiga dizer a verdade a eles, pensou, cabisbaixa, enquanto tomava o último gole de chá.

Antes dessa conversa com os pais, logo após o banho, ela telefonou para o filho e recebeu respostas monossilábicas. Provavelmente está jogando, enquanto fala comigo, pensou, chateada, mas sem vontade de chorar. E se o marido atendesse o telefone, como seria? Silvia imaginou o telefone de sua casa chamando e Raul tirando o fone do gancho e o entregando ao filho.

Para o almoço de domingo vieram os irmãos, sobrinhos, cunhados e os sogros da irmã de Silvia. Numa área espaçosa, nos fundos da casa, a churrasqueira e a mesa de madeira para dez lugares centralizavam todas as conversas e atenções. Cadeiras confortáveis espalhavam-se pela região coberta da churrasqueira e pelo gramado. Naquele domingo o sol apareceu forte, espantando o frio de julho. Silvia, a irmã e a cunhada, andavam, como formiguinhas, da cozinha à churrasqueira levando pratos, talheres, travessas e bandejas com arroz, pães, tomates, maionese, caponatta de berinjela, sobremesas. O almoço de domingo prolongou-se até a hora do café da tarde e o tempo passou sem que Silvia se lembrasse do marido, do filho, do casamento.

Na segunda-feira, ela acordou tarde. Encontrou os pais tomando chimarrão e conversando em volta do fogão à lenha.

A mesa posta com o café da manhã esperava por ela, apesar de já passar das nove e trinta. Coisa de mãe, pensou. Deu um beijo nos pais e aceitou o café tardio. Era um mimo que ela não podia recusar. Após o café, foi convidada pelo pai a dar uma volta pela cidade e comprarem uma mistura para o almoço. Foram ao mercado em frente à praça central, comentaram sobre a beleza da igreja matriz, andaram devagar pelas ruas largas e tranquilas da cidade. O pai mostrava as construções recentes, apontava as casas dos conhecidos perguntando se ela se lembrava de que fulano e sicrano moravam aqui, ali e acolá. Mostrou também a nova sede do centro universitário da cidade onde Leticia, a esposa de Julio, lecionava. À medida em que o carro passava devagar pelas casas, ela ia se lembrando de que uma amiga morava ali, outra na rua de trás. Perguntou ao pai, mas ele não soube dizer. Talvez a mãe soubesse.

Os planos de Silvia de dar mais uma volta pela cidade, desta vez sozinha, foram atrapalhados pela tarde gelada. Sentia-se ainda debilitada por um cansaço físico e mental, cuja causa podia ser a viagem ou o abalo emocional das últimas semanas, não sabia. Passou a tarde em companhia dos pais, ajudou a mãe nos preparativos do jantar, assistiu o telejornal com o pai e foi cedo para o quarto pensando em ler um livro que trouxera.

Na terça-feira, acordou com a voz dos sobrinhos conversando com os avós, na cozinha. Olhou as horas e se assustou. Já eram dez e meia e ela continuava com sono. Fez um esforço e levantou-se com preguiça. No espelho do banheiro, viu que as olheiras tinham sumido, a pele estava rosada e os olhos não mais vermelhos. Há quanto tempo ela não se sentia bem como agora? Sorriu para o espelho. Vestiu-se e foi pra cozinha, dando um beijo em cada um. Os pais perceberam que ela estava melhor e ficaram entusiasmados. O pai ofereceu chimarrão, a mãe aqueceu o leite e lhe preparou um misto quente. Os sobrinhos continuavam por ali sem saber direito o que fazer, pois era o segundo dia de férias e não tinham nada programado. Silvia lembrou-se de Pedro e quis se entristecer. Ele poderia ter vindo e agora teria a companhia dos primos. Juntos, os três poderiam fazer qualquer coisa. Uma simples conversa, um passeio sem rumo, um jogo qualquer. Ela se lembrou dos tempos da adolescência, do quanto era melhor ter a companhia de uma prima ou de uma amiga, mesmo que não tivessem nada especial para fazer. Perguntou aos sobrinhos sobre os estudos, candidatas a namoradas e planos para o futuro. A princípio, eles responderam meio encabulados, mas logo em seguida com espontaneidade e alegria. Como eram diferentes esses meninos do interior, pensou Silvia. Eles procuravam os adultos e gostavam de sua companhia. Tão diferentes dos meninos da capital que se escondem nos quartos sempre que há visita em casa. Silvia convidou os meninos e os pais para um passeio até a casa da irmã para visitarem o outro sobrinho. Os pais preferiram ficar, outro dia iriam, disseram. Silvia saiu abraçada aos dois sobrinhos.

Quando Eduardo estava em casa, eu dedicava-lhe tempo e companhia e escrevia pouco. Nos sábados pela manhã saíamos para caminhar ou ir à feira, à tarde víamos algum filme ou íamos ao parque, dependendo do tempo. Às vezes, a convite das filhas, íamos ao Shopping e lá nos dividíamos. Eduardo ia para a seção de eletrônicos de algumas lojas, enquanto eu me perdia na livraria ou olhava as vitrines com as meninas. Depois, tomávamos um chopinho ouvindo música ao vivo no Beto Batatas, dentro do Shopping.

Durante o inverno, nossos finais de semana tornavam-se mais caseiros e introspectivos. Quase não saíamos para restaurantes, ao menos no período da noite, quando preferíamos chamar um ou dois casais de amigos para tomarmos um vinho. Para Julia e Laura, a temperatura externa não alterava a disposição de assistirem a estreias de filmes, peças de teatro, shows ou de encontrar os amigos nos botecos da cidade. Quando eram pequenas, não havia um final de semana livre de festas de aniversários de colegas da escola, festas do pijama, festas na escola. Além dos compromissos das meninas, nós também tínhamos os nossos. Como eram frequentes as festas de casamentos, batizados, aniversários de amigos ou simples churrascos! Mas, à medida em que as filhas foram crescendo e o tempo passando, as festas e os encontros foram diminuindo e agora são escassos. Os casamentos tornaram-se eventos raros. Para que a formalização se a União Estável tem o mesmo efeito prático e legal do casamento, não custa nada, não dá trabalho algum aos "noivos", além da provável sensação de eterno namoro? E justamente por parecer namoro, imagino se não estabelece entre os casais um maior cuidado no trato emocional de cada um, pois se uma das partes não estiver satisfeita, basta pegar suas coisas e cair fora.

Estávamos no mês de junho e tínhamos a impressão de que uma frente fria estacionara sobre a cidade e se recusava a ir embora. Há quase uma semana o frio e a chuva deixavam os dias e as noites tristes e sombrios.

Dois ou três dias após a desistência da viagem eu estava no banho quando meu celular tocou. Eu o havia deixado ao lado da cama onde Eduardo lia antes de dormir. Provavelmente ele não atenderia se a chamada não fosse insistente, porém não foi o que ocorreu. Quando cheguei no quarto, Eduardo me disse que alguém havia me ligado, mas não quis se identificar nem falar com ele. Eu dei de ombros enquanto secava os cabelos, lhe dizendo:

— Tanta gente me telefona, Edu. Pode ser alguém da editora, algum colega, sei lá. Ou um engano. A pessoa não te falou que era engano?

— Tive a impressão de que não foi isso. O cara só não quis falar porque não foi você quem atendeu — ele respondeu desconfiado.

— Ai meu Deus, ele está com ciúmes! — Aproximei-me dele e encostei o cabelo molhado no seu rosto. Ele o afastou, com a testa franzida. Eu continuei secando os cabelos e nem me preocupei em olhar o número registrado no celular. Se for algo importante, vão ligar novamente, pensei. Quando eu colocava uma roupa quente, meu celular tocou outra vez. Enquanto eu atendia, vi que Eduardo parou de ler e ficou observando.

— Alô! Olá querido, há quanto tempo? Onde você está? São Paulo?

Saí do quarto e continuei conversando por cerca de cinco ou dez minutos no meu escritório. Era um colega escritor de Moçambique que conheci há alguns anos num evento literário. Desde então, conversamos de vez em quando e nos encontramos nos eventos em que ele vem ao Brasil. Naquele dia, ele ligou para dizer que passaria alguns dias em São Paulo e queria saber se era possível a gente se encontrar. Eu disse que não podia, ficaria para a próxima. Diante de sua insistência, expliquei que eu tinha acabado de recusar uma viagem de férias com o marido e não fazia sentido viajar depois disso. O que o marido pensaria? Convidei-o para vir em Curitiba e então nos veríamos. Ele disse não ter como por conta dos compromissos e eu disse: "Ah, que pena, fica para a próxima, então!" Vi que Eduardo passava nesse momento pelo corredor em direção à cozinha. Após me despedir do amigo moçambicano, fui atrás de Eduardo que me perguntou, entre zombeteiro e carrancudo:

— Quem era esse "querido", posso saber?

— É claro que pode meu amor! Era o Caio, aquele escritor de Moçambique, que já comentei contigo. É muito gente boa. Você precisa conhecer!.

— Hum, hum. E ele sabe que você é casada? — perguntou ele no mesmo tom.

— Bom, se ele não sabia, ficou sabendo agora, pois falei sobre "meu marido" para ele. Você não vai fazer uma cena de ciúmes, vai?

— Não se trata de cena de ciúmes. Só não gostei do jeito desse camarada. Deve ser meu sexto sentido. Vai ver que homens também têm sexto sentido, não?

— Ora Edu, é só o que me faltava! Você com ciúmes de verdade. Não confia em mim?

— Vamos dormir, está bem?

Ele me deu as costas e voltou ao quarto. Fiquei surpresa e preocupada, pois em muitos anos de casamento, não me lembrava de tê-lo visto agir assim antes. Na cama, ele se virou para o outro lado, coisa rara também. Tentei digerir da melhor maneira possível aquela atitude de Eduardo. Insegurança, ciúmes, carência? Homens também sentem essas coisas?

A casa da irmã de Silvia ficava nos fundos de um quintal espaçoso, com o gramado bem cuidado, onde o sobrinho brincava de bola com o pai nos finais de semana. Denise e o marido eram dentistas e atendiam em duas salas locadas num prédio pequeno no centro da cidade. Silvia encontrou o sobrinho assistindo um desenho e a babá ao seu lado olhando uma revista. Telefonou à irmã perguntando se podia levar a criança com ela. Após o consentimento, saiu com os três sobrinhos de carro pelas ruas da cidade. Andava devagar, parando às vezes perto de algo que chamasse a atenção do sobrinho menor. Pararam num supermercado onde compraram frutas, iogurte, biscoitos e voltaram para a casa dos pais. Era meio-dia e provavelmente sua mãe os aguardava com o almoço pronto.

Durante a refeição, enquanto conversava com os pais e com os meninos, Silvia ajudava o pequeno a manusear os talheres, limpava-lhe os cantos da boca, cortava o bife em pedaços menores, ajudava-o a espetar a comida com o garfo. Lembrou-se de Pedro assim pequeno, dependendo de sua ajuda, aceitando sua presença sem restrições. Por que ele cresceu tão rápido? Em que momento ela o perdeu de vista e o deixou escapar de seus braços? Conteve-se para não chorar na frente de todos.

Depois do almoço, o pai se ofereceu para lavar a louça com a ajuda dos netos maiores, enquanto ela, o sobrinho menor e a mãe foram para a varanda tomar um chá e pegar um pouco de sol. A mãe ainda não tinha lhe perguntado o que acontecia, por que ela estava tão triste. Silvia sabia que essa pergunta estava engasgada no peito da mãe, deixando-a preocupada e tristonha. Provavelmente, Dona Elza estivesse juntando coragem para fazê-la. Talvez não fosse questão de coragem, mas apenas de respeito ao tempo da filha. Podia não querer invadir seu espaço, deixá-la mais triste e fazê-la chorar. Procurava, quando estavam somente as duas, como agora, conversas amenas. Falava sobre os parentes de perto e os de longe, sobre os planos de pesca do pai. Terminado o chá, um vento gelado as expulsou para dentro da casa e para perto do fogo que o pai mantinha aceso durante todo o dia.

Silvia lembrou-se do filho e sentiu vontade falar com ele, que já estava de férias e devia estar em casa com Salete. E com o computador. Era melhor telefonar agora, pois à noite podia ser que Raul atendesse. E, pelo menos por enquanto, ela não gostaria de falar com o marido. Titubeou um pouco, tinha medo da reação do filho. Tinha vergonha de tê-lo "abandonado". Por outro lado pensava: que tola eu sou; quando estou lá, ele mal fala comigo, não quer minha companhia. Criou coragem e ligou. Salete atendeu:

— Oi dona Silvia, tudo bem com a senhora? O Pedro? Ah, ele está no quarto dele; já estou levando o telefone, tchau dona Silvia e não se preocupe que eu cuido bem do nosso menino, tá bom? Pedro, fala aqui com sua mãe.

— Oi mãe, tudo bem? Ah, eu tô bem. Não se preocupe, estou de férias. Eu e o pai saímos sábado e domingo. Fomos na chácara de um amigo dele. Chato, não tinha nada pra fazer lá. Está bom, não esquente. Eu sei, pode deixar. Tchau mãe, beijo também.

Ela desligou o telefone e sorriu surpresa. Nem acreditava que o filho tinha trocado com ela mais de meia duzia de palavras. Antes, apenas monossílabos, agora frases longas, pensou sorrindo.

Sentindo-se leve, passou o restante da tarde em companhia dos pais e sobrinhos de forma tranquila. Jogaram dominó, pife, jogo da memória. Tomaram mate doce e comeram bolo. No fim da tarde, enquanto a mãe caminhava para a cozinha, preocupada com o jantar, Silvia pensava se ela gostava de viver em função das refeições para a família ou se apenas se conformara. A mãe não parecia triste, mas também não muito animada. E independentemente de outras questões que pudessem aborrecê-la, Silvia sentia os olhares da mãe sobre ela, ora preocupados, ora esperançosos e eles lhe queimavam as faces deixando-as vermelhas. E para justificar o colorido do rosto, culpava o calor do fogão de lenha na cozinha ou da lareira, na sala. Reparou também que após o telefonema que a deixou alegre, a mãe também se animou. Fez o bolo e o mate-doce que a filha gostava quando menina. A mãe sabia tudo. Todas as mães sabem tudo. Se as mães sabem tudo dos filhos, por que ela, Silvia, não conseguia saber nada do seu menino? Por que não conseguia chegar até ele e abraçá-lo? Por que não era nunca abraçada por ele? Não, as mães não sabem nada dos filhos.

Já o seu pai parecia estar além dos problemas, quaisquer que fossem eles. Acaso estivesse preocupado com ela, disfarçava tão bem que Silvia nem percebia. Ela gostava de ver os trejeitos engraçados dele brincando com o neto menor, das piadas que contava para os maiores e dos "causos" sobre as pescarias. Era fácil alegrar-se e se lembrar de coisas boas estando perto dele. Ela via o brilho nos olhos dos sobrinhos diante das histórias engraçadas do avô. Ele é que era feliz, pensou Silvia. Feliz com coisas simples. E essa simplicidade fazia milagres, resolvia questões difíceis e aparentemente complicadas. Fazia os outros felizes. Fazia os olhos dos outros brilharem. Existe coisa mais especial que essa?

Na quarta-feira pela manhã Júlio telefonou convidando Silvia para jantarem num restaurante de comida italiana, bem conhecido na cidade. Ela aceitou e perguntou se poderia levar os pais. O irmão concordou, é claro, mas eles recusaram. Não gostavam de sair à noite. Preferiam ficar em casa, assistir ao telejornal e dormir cedo.

Às vinte horas, quando ela chegou, o restaurante já estava bem movimentado. As pessoas conversavam alto, quase não se podendo ouvir a *tarantella* que animava o ambiente. Ela entrou e parou perto da porta, procurando o irmão e a cunhada com os olhos. Foi quando seu olhar se deparou com o de Jorge, o namorado dos tempos do colégio, seu primeiro amor. Não o via há mais ou menos vinte anos e, no entanto, o reconheceu imediatamente. Ficou totalmente sem graça, desviou o olhar rápido demais fingindo não tê-lo visto ou reconhecido e continuou procurando pelo irmão, embora não conseguisse enxergar mais nada. Por sorte, o irmão se levantou e veio ao seu encontro, encaminhando-a até a mesa. Silvia cumprimentou Letícia com um beijo e sentou-se. A cunhada comentou:

— Nossa, como você está corada, Silvia!

— Deve ser o calor do fogo — disfarçou, apontando para a grande lareira de pedras rústicas.

A mesa que o irmão escolheu ficava no canto oposto à mesa de Jorge. Silvia sabia que o olhar dele ainda a acompanhava.

Enquanto aguardavam os pratos escolhidos, tomaram vinho e conversaram sobre os filhos, sobre os pais e finalmente o irmão perguntou como estava sua vida na cidade grande e por que o marido e o filho não a acompanharam. Fosse pelo vinho, pelo olhar de Jorge ou pelo calor do fogo, o fato é que Silvia estava meio eufórica e dessa vez conseguiu responder sem a vontade de chorar. Desabafou pela primeira vez desde sua chegada. Talvez porque soubesse que eles a entenderiam melhor e quem sabe a ajudariam com opiniões ou conselhos desprovidos de cuidados paternais. Enquanto segurava uma das mãos de Silvia, Leticia dizia vez ou outra "humm, mas que coisa, puxa vida!" — os típicos consolos femininos. Júlio ouvia calado e preocupado. Depois de algum tempo, disse:

— Eu nunca fui muito com a cara dele. Sempre meio arrogante, se achando melhor que os outros.

Letícia perguntou, de repente:

— E por que você não se separa dele, querida? Você é linda, tem sua profissão, ainda é jovem, não precisa ficar sofrendo por causa dele!

Silvia pensava no que responder quando uma mão tocou seu ombro esquerdo, de leve, e disse:

— Olá, desculpem a intromissão... tudo bem Silvia?

Ela olhou por cima do ombro e deu de cara com Jorge, cumprimentando seu irmão e a Letícia com um aceno de cabeça. Então se levantou e entre um "quanto tempo!" e um "tudo bem", desajeitadamente, suas faces tocaram-se por duas vezes. Ela estava afogueada, sem graça, não sabia se sentava ou se ficava de pé, se o convidava a se sentar com eles ou não. Então, Leticia socorreu-a:

— Puxa vida, eu nem sabia que vocês se conheciam! Esse mundo é mesmo pequeno, não é verdade? Senta aí com a gente, Jorge; Vamos tomar um vinho pra comemorar esse encontro!

— Eu também não sabia que vocês se conheciam — disse Silvia — Bom, essa cidade não é tão grande assim, né? — e, olhando para Jorge, também o convidou a se sentar.

— Eu não pretendia atrapalhar o jantar de vocês — disse ele, sem graça e titubeante entre aceitar ou não o convite. A coragem com que se armou para chegar até à mesa deles parecia tê-lo abandonado. Acabou cedendo, após repetir que não queria atrapalhar, já estava de saída.

— Jorge, não faça cerimônia, por favor — disse Leticia, enquanto lhe estendia uma taça de vinho — a gente é colega, sabia Silvia? O Jorge dá aulas de Agronomia, não é?

— Sim, sim, é verdade — respondeu ele.

— E você dá aulas para o curso de Psicologia, né Leticia? — Perguntou Silvia. Em resposta, Leticia ergueu sua taça de vinho concordando.

Julio serviu mais vinho e sugeriu um brinde ao encontro.

— Esta cidade é tão pequena e por isso não entendo como a gente nunca mais se viu, desde que você foi embora — comentou Jorge olhando para Silvia.

— Na verdade, eu não venho com tanta frequência assim. E quando venho, saio pouco da casa dos meus pais.

— Vai ficar por quantos dias desta vez? — perguntou ele.

— Por mais quatro ou cinco dias.

Ele pediu seu número de telefone e após tomar o último gole de vinho, agradeceu a acolhida e despediu-se com um aperto de mão em Julio e um beijo no rosto das duas mulheres, dizendo para Silvia "eu te ligo pra gente conversar". Leticia olhou para os dois com uma careta alegre, como quem diz: "amor de adolescência nunca morre", deixando Silvia ruborizada e quase se engasgando com o vinho. Julio, com voz sisuda, disse:

— O que é isso Leticia? Silvia é casada, já esqueceu? Só porque trocou meia dúzia de palavras com um conhecido antigo, vocês já ficam como adolescentes!

Letícia retrucou: — Meu bem, de vez em quando é necessário sentir-se como uma adolescente! E, olhando para Silvia, deu uma piscadela dizendo com os olhos: "ele ainda gosta de você, viu?!"

Silvia riu descontraída e continuou bebendo, sem dizer nada. Quando o jantar acabou, o ambiente estava mais animado que nunca. Culpa do frio lá fora, culpa do vinho e do calor do fogo lá dentro. Julio fez questão de escoltar a irmã até a casa dos pais, pois ela tinha bebido muito mais do que estava acostumada. Quando ela entrou na casa, viu que eles já dormiam e deu graças por ter levado cópia das chaves. Entrou na ponta dos pés e foi direto para o quarto. Trocou de roupa, lavou o rosto, escovou os dentes e caiu na cama. Na manhã seguinte, quando acordou e olhou as horas, nem acreditou. Dormiu por mais de nove horas seguidas e sentia-se bem, apesar de todo o vinho que bebera na noite anterior. Coisa rara de acontecer nos últimos anos. Normalmente, tinha insônia e começava o dia cansada. Espreguiçou-se e, se lembrando do jantar, riu sozinha. Há quanto tempo não se divertia assim, com um simples jantar? Há quanto tempo não conversava com alguém sobre seus sentimentos? Tinha razão quando esperava encontrar na casa dos pais alegria, aconchego, paz.

Quando o celular tocou, ela terminava o café da manhã, ainda de pijama e comentava com a mãe sobre o jantar. Pensou que fosse Pedro e correu até o quarto, onde deixara o telefone carregando. Viu que era um número estranho, atendeu.

— Oi Silvia, te acordei? — a voz parecia ansiosa, embora quisesse parecer segura. Ela respondeu que não, reconhecendo a voz de Jorge, antes que ele se identificasse.

— Olá Jorge, então você me ligou mesmo? — respondeu, enquanto andava de um lado para outro do quarto, com a xícara de café numa das mãos.

— Você não queria que eu ligasse?

— Não, não é isso! Apenas pensei...que bom que ligou!

Após alguns minutos de conversa sobre o jantar da noite anterior, sobre a chegada em casa, eles combinaram uma saída e desligaram o telefone. Dona Elza percebeu a voz animada da filha e estranhou.

— E aí filha, com quem você vai sair?

— Então, eu estava lhe contando sobre o jantar de ontem, encontramos o Jorge, lembra dele? — A mãe de Silvia colocou o dedo sobre um canto da boca, como sempre fazia quando queria se lembrar de algo, e repetiu, pensativa:

— Jorge...Ahnn, não é aquele moço que você namorou quando era menina?

— Esse moço mesmo, mamãe. Tá boa de memória, heim dona Elza?

— Ora, só me lembrei porque é o único Jorge que conheci na vida. Mas o que é que tem ele e o jantar, afinal?

— Ele também estava no restaurante ontem. Conversamos um pouco e agora ele ligou me convidando pra sair e conversar melhor. Só isso.

— Esse moço parece que dá aula na mesma faculdade que a Leticia, você sabia?

— Fiquei sabendo ontem, mãe. Nunca mais tinha visto o Jorge, nem mesmo de longe; nem sei se está separado, viúvo, casado. A senhora sabe?

— O que eu soube é o que toda a cidade comentou tempos atrás: ele teve um casamento conturbado, perdeu um filho, bebê ainda, separou-se; passou por maus bocados. Agora, faz tempo que não ouço nada sobre ele.

— Mamãe, "esse moço" deve ter uns quarenta e poucos anos. Não é mais esse menino que a senhora está pensando. Se bem que ele está mais bonito agora, charmoso, enigmático, sei lá, deve ser o charme da experiência, da plenitude — Silvia dizia essas coisas olhando para o alto, sorrindo, se lembrando da imagem de Jorge e, por um instante, segurando no ar os talheres que retirava da mesa. Enquanto isso, a mãe a olhava um pouco assustada com a diferença de comportamento da filha entre um dia e outro.

— Escute, filha, e como anda o teu casamento com o Raul? Você estava tão cabisbaixa, borocoxô, e agora que reviu o antigo namorado, está toda feliz; O que está acontecendo?

— Ah, mãe, eu e Raul estamos muito mal. Acho que nosso casamento já era. Faz um ano que mal nos falamos, eu ando deprimida e meio sozinha pela casa, porque Raul está sempre trabalhando e Pedro não sai da frente do computador. Tenho insônia frequente, estou sempre cansada. O que me salva é a clínica.

Enquanto uma lavava e a outra enxugava a louça do café, a conversa entre mãe e filha transcorreu mais fácil do que Silvia imaginou que seria.

— Mas que coisa triste filha. Acho que nenhum casamento é perfeito, mas chegar a esse ponto é demais. Vocês não conseguem conversar e resolver isso?

— Com Raul não tem conversa, mãe. Ele consegue viver na mesma casa que eu, mas me ignorando totalmente. Ou quase.

— Por que "quase"?

— Porque às vezes, quando o assunto é o Pedro e sua obsessão pelo computador, Raul se lembra que eu existo, me cobra uma solução e nós discutimos. Aí as coisas pioram muito e eu tenho vontade de sumir, desaparecer. Mas não saio por causa de Pedro. Sinto que apesar de parecer alienado, ele precisa de mim.

— E por que você não se separa e leva o menino com você? Ou fica com Pedro na casa e pede para o Raul sair, que é o mais justo, não?

— Não sei, mãe, estou meio perdida, sem saber o que é melhor. Por isso, peguei dez dias de férias e vim para cá.

— Está bem minha filha, eu vou rezar por vocês, é só o que posso fazer. Filha, mas vá com calma hoje à noite com esse rapaz, o Jorge. Vocês praticamente não se conhecem mais. Não se iluda com ele.

— Mãe, não se preocupe — Silvia largou o pano de prato na mesa, deu um beijo no rosto da mãe e saiu da cozinha. Sentia-se mais leve e tranquila que nunca. O conselho da mãe caberia bem a uma adolescente diante do primeiro amor.

Naquele mesmo dia, à tarde, Silvia pediu que os pais se sentassem no melhor sofá da sala, colocou um filme no aparelho de DVD e ficou na torcida para ter acertado o gosto dos dois. Sabia que os pais nunca viam filme nenhum e achava que este os cativaria. Estourou pipoca, fez chimarrão e serviu-os. Enquanto os pais se concentravam no filme, ela pensava no encontro que teria à noite. Depois de tantos anos ela e Jorge nem se conheciam mais, sua mãe tinha razão. Então, porque aceitara o convite? Ela era casada, apesar de tudo.

Devia ser franca com Jorge e não deixá-lo na expectativa de que pudesse haver algo entre eles. Na verdade, ela é que tinha que se convencer disso, manter a cabeça fria, não se entregar à carência afetiva, não confiar muito nesse encontro. Seria apenas por amizade, relembrar a mocidade, dar boas risadas e nada mais. Ela precisava se convencer disso.

Quando o filme acabou, o pai parecia sonolento, mas Dona Elza estava eufórica. Adorou o filme, um romance bem feito com boa trilha sonora e boa fotografia. O pai preparou mais chimarrão, a mãe passou café e arrumou a mesa para o lanche da noite, enquanto Silvia tomava um banho e se preparava para o jantar.

Vestiu um blusão de lã cinza, calça jeans justa, botas altas, uma echarpe de lã colorida e um casaco branco 7/8. Escovou os cabelos e prendeu-os num rabo de cavalo alto. Algumas gotas do perfume preferido e estava pronta. Quando apareceu na cozinha, os pais surpreenderam-na com um "hum, como está bonita e cheirosa." A mãe tinha comentado com o pai sobre os acontecimentos e ele não perguntou nada.

Silvia estava ansiosa como há anos não estivera. E a mãe tinha razão em dar-lhe o mesmo conselho que se dá a uma adolescente antes do primeiro encontro. Ela tinha noção disso e sentia-se envergonhada. Tentava disfarçar procurando conversas tolas com os pais, que percebiam sua ansiedade. Procurava distrair a atenção com o noticiário estadual, com uma revista, e vez ou outra, esticava os olhos em direção à rua e ao celular. Lá fora escurecia depressa, embora a sensação de que o tempo não passava. Às sete e meia, Jorge avisou pelo telefone que tinha chegado. Ela deu um beijo nos pais e pediu para ficarem tranquilos com a volta. Ela levava cópia das chaves, embora pretendesse voltar cedo.

Enquanto atravessava o jardim em direção ao carro, o coração acelerado, o rosto afogueado e as pernas bambas lhe diziam o quanto estava a descoberto, suscetível, carente. "Meu Deus, como sou boba, respira fundo, respira fundo". Jorge a recebeu com um beijo leve em cada lado do rosto e um elogio. Levou-a até a porta do passageiro, ajudou-a a se acomodar. Ela não estava acostumada com essas pequenas gentilezas, ficou sem graça em aceitá-las, embora ele parecesse espontâneo, sem afetação. Depois que ele se acomodou no banco do motorista, olhou-a e disse entusiasmado:

— Pensei em irmos num restaurante bacana, aconchegante e com boa comida, que fica em São José, lembra-se da cidade vizinha? Servem ótimas sopas lá, massas e *fondue*. Tem frutos do mar também, o que acha? Mas, se você não gostar de nada disso, tem vários outros restaurantes.

— Por mim, está ótimo. Gosto de massas, de sopas, de fondue e de frutos do mar; você acertou em cheio na escolha! Será que andou investigando com Leticia? — Silvia perguntou rindo.

— Não, não. Eu não ia dar bandeira de que estava preocupado com esse jantar — Jorge disse, enquanto a olhava, piscando um olho e sorrindo — E nem tenho o telefone de Leticia.

Ele ligou o som e uma música suave preencheu todos os espaços emocionais de Silvia, que fechou os olhos por alguns segundos, enquanto sorria e encostava a cabeça no banco levemente reclinado. Por um instante ela esqueceu do marido, do filho e da casa em outra cidade. Ali, era apenas uma mulher bonita sendo cortejada por um homem charmoso. Jorge dividia a atenção entre a estrada e a passageira. Percebendo-se observada, ela se endireitou no banco e sorriu.

— Está cansada, com sono?

— Não, nada disso. Estou descansada. Só estava curtindo a música, o silêncio da noite.

— Se quiser reclinar melhor o banco e cochilar, fique à vontade. Te chamo quando a gente chegar — Silvia riu alto e sentou-se de frente para ele:

— Obrigada pela oferta, Jorge, mas faz vinte anos que a gente não se vê e muita conversa nos aguarda, não é verdade?

— Vinte anos! É mesmo. Quantos anos você tinha, dezesseis, dezessete?

— Quase dezessete.

— Hum, não que eu queira saber a tua idade, mas agora não tem mais jeito! Você ainda é uma menininha! O que mudou foi para melhor. Ficou mais bonita e charmosa.

— Obrigada. Você também mudou para melhor. E você tinha quantos anos? Dezenove, né?

— Hum, hum. Agora estamos quites.

— E você não se casou novamente?

— Não. Eu estava te esperando.

— Jorge, não brinca com essas coisas. Eu perguntei sem segundas intenções.

— Não estou brincando, minha querida Silvia.

— Jorge, já vou avisando que ando fragilizada e talvez nem devesse ter aceitado teu convite.

— Ok, me perdoe. Prometo não dizer coisas que te chateiem, está bem? Pelo menos, vou tentar — Jorge colocou a mão direita sobre as mãos dela que estavam geladas.

— Está com frio? Vou aumentar o ar quente.

— Não, está ótimo assim. Não se preocupe. Eu estou sempre com as mãos frias. As mãos e os pés. Durmo de meias quase o ano inteiro, sabia?

— E o marido deixa você dormir de meias? — Ele olhou para Silvia com ar de riso e ela simulou um sorriso sem graça. — Desculpe de novo. Estava só te provocando.

— Eu sei, não se preocupe.

— Sabe que quase nem dormi essa noite?

— Ah é? E por que? — perguntou Silvia, ruborizada pela previsão da resposta.

— Porque fiquei em estado de choque quando te vi ontem. Tive que fazer um esforço imenso pra conseguir chegar na mesa de vocês.

— Eu também fiquei sem graça, vermelha, coração aos saltos.

— Oba, então foi bom eu ter criado coragem — disse ele, colocando a mão direita sobre as dela.

— Jorge...

— Estamos quase chegando. Lembra da cidade? Você não gostava dela antigamente, não é?

— Mas isso é coisa do passado. Picuinhas típicas da adolescência, rivalidade entre cidades vizinhas, passou.

— É, eu sei. Eu tinha ciúmes dos caras daqui que assediavam nossas meninas nos jogos intermunicipais, se lembra?

— Não, não me lembro disso — ela respondeu rindo.

As luzes da cidade vizinha se aproximavam rapidamente e em poucos minutos o carro percorria as ruas iluminadas e quase vazias em direção ao centro, este sim movimentado com transeuntes e carros. Após dirigir por diversas quadras de lojas comerciais, naquele horário fechadas, passarem pela praça principal, igreja, bares abertos e agitados, Jorge estacionou.

— Pronto, chegamos.

O restaurante era aconchegante. Luz e música suaves, mesas redondas com boa distância uma da outra cobertas com toalhas brancas, taças, talheres, castiçais, além de uma lareira num dos cantos distribuindo calor eram responsáveis pelo aconchego, observou Silvia. Sendo dia de semana e ainda cedo da noite, poucas mesas estavam ocupadas, o que deixava o lugar mais acolhedor e tranquilo. Escolheram uma mesa num canto afastado da porta de entrada, de modo que pudessem observar mais que serem observados. De entrada, pediram sopa; massa e frutos do mar como prato principal, um bom vinho para companhar.

Silvia não pode evitar a comparação entre aquela noite e uma semana atrás. Antes, angustiada e ignorada pelo marido e filho; agora, sendo cortejada pelo primeiro namorado e recebendo mais atenção e gentileza do que esperava. Estaria traindo o marido? Deveria ter recusado aquele convite? Com esse desassossego, olhava ansiosa para o parceiro de mesa que servia o vinho com tranquilidade. Quando ele estendeu-lhe a taça, sorrindo, e ela viu nos seus olhos esperanças, promessas e alegrias, resolveu que pensamentos ruins não atrapalhariam aquela noite ou pelo menos aquele jantar. Sorriu também, enquanto brindavam.

— À nossa juventude e a esta noite— disse Jorge, enquanto os olhos e as taças dos dois se tocavam com suavidade.

— Que coisa doida, né Jorge? Se eu não tivesse ido ontem à noite naquele restaurante, nós não estaríamos aqui hoje.

— É o destino, minha querida. Não dizem por aí que nada é por acaso? Que as coisas e os encontros acontecem na hora programada?

— O destino? Não sei se concordo totalmente. Acho que os encontros acontecem, na maioria das vezes, por puro acaso. E o resto, trabalho, saúde, oportunidades, a gente tem que correr atrás.

— Nossa, mas que moça mais cética! De modo geral, as mulheres acreditam mais em destinos e em encontros especiais do que os homens.

— Talvez você tenha razão, eu que ando meio desanimada.

— Posso perguntar por que anda desanimada? — Por um instante Silvia pensou em se abrir com Jorge, mas uma voz instintiva pediu que se calasse. Mal se encontraram e já estava querendo se queixar da vida?

— Por nada não. Só cansaço, correria da cidade grande.

— Hum. Então me conte sobre a vida na cidade grande. Sua vida de mãe, esposa e profissional. Você é fisioterapeuta, né?

— Sim. Tenho uma clínica com mais duas sócias. Adoro meu trabalho.

— E a vida pessoal, tudo certo? — Silvia não sabia se queria entrar nessa conversa tão pessoal, pois teria dois caminhos: mentir ou dizer a verdade e se expor. Tomou mais um gole de vinho e quase se engasgou. Ficou vermelha e largou o copo na mesa, devagar, enquanto olhava nos olhos dele.

—Tem certeza de que quer entrar nesse assunto? — Ela estava tão sombria que Jorge se constrangeu e disse:

— Não, não quero te perturbar, me desculpe. Só se você quiser falar.

Agora, quem ficou constrangida pela reação causada nele foi Silvia, que num impulso disse:

— Se você quer mesmo saber, minha vida pessoal anda um caos e por isso vim sozinha ver meus pais. Arejar a cabeça, me recompor e decidir o que fazer.

Jorge ficou calado, mas com os olhos encorajou-a a falar. E Silvia resumiu em uma dúzia de frases sua vida afetiva dos últimos dois anos. Sentiu que podia confiar nele. Afinal, tinham vivido um sentimento límpido na juventude, sem jogos, mentiras, subterfúgios. Amor ou amizade, seja lá o que tenha sido, foi bom e talvez não tenha morrido totalmente. Quando parou de falar, ela ergueu os olhos em direção aos dele e sorrindo, perguntou:

— Te assustei, né? Me desculpe. Eu não devia ter falado tanto — Silvia ergueu a taça de vinho e apontando para ela com um sinal de cabeça, continuou — Olha de quem é a culpa — E obrigada por me ouvir. Prometo não falar mais nada de mim. Agora quero saber de você. Como vai a sua vida?

— Não precisa me agradecer por te ouvir. Foi um prazer te conhecer melhor. Poder te ajudar, talvez. E, quanto à minha vida, ela anda muito sem graça, não tenho nada de interessante para contar.

— Ah, não acredito que não vai me dizer nada. Vou te perguntar então, tá bom? Qual disciplina você leciona na faculdade? Você mora sozinho ou tem alguém para te ajudar? E a separação como foi? Por que não se casou novamente?

— Então vamos lá: leciono Solos I e II e Introdução à Agronomia para os cursos de Geografia e Agronomia. Dou assistência técnica para muitas fazendas aí pelos arredores e moro sozinho desde que me separei, mas tenho alguém que me ajuda com a bagunça da casa e cuida das minhas roupas. Faz comida, às vezes, pois quase sempre como fora.

— E a separação?

— Hum, ela não esqueceu dessa parte — Jorge olhava para Silvia erguendo as sobrancelhas e mostrando o vinho quase no fim, esperando talvez que ela lhe dispensasse de falar sobre isso.

— Se você preferir não falar, prometo entender e aceitar numa boa.

— Confesso que não gosto nada de falar sobre isso, mas

acho que te devo esse sacrifício, já que você se abriu comigo. Temos que ficar em pé de igualdade, não é mesmo?

— Não, se for sacrifício para você. Para mim, foi um alívio falar — Jorge estendeu os dedos anular e indicador e encostou nos lábios dela. Tinham acabado de comer o prato principal e a garrafa de vinho se esvaziara há alguns minutos.

— Tenho uma proposta a fazer — disse ele, enquanto mostrava a garrafa vazia — Vamos tomar mais uma garrafa de vinho na minha casa e lá eu te conto tudo o que me aconteceu nos últimos anos? Isto é, se você quiser saber. Se não quiser, a gente toma um vinho enquanto fala de outros assuntos, ou assiste a um filme, que tal?

— Hum, acho essa proposta tentadora e super indecente! Jorge, vocês homens estão sempre querendo levar as mulheres para suas casas num fim de noite? E eu pensando que as coisas tinham mudado. Faz tanto tempo que estou fora do circuito, que pensei ...

As palavras irônicas e provocativas de Silvia estavam acompanhadas de um riso descontraído que deixaram Jorge confiante.

— E então, vamos? Posso pedir a conta?

— Acho que não, Jorge. Estou me sentindo uma adolescente recebendo cantada e sem saber o que dizer — respondeu Silvia tensa e confusa, após a surpresa inicial do convite.

— Isso não é uma cantada. Pode até ser uma proposta tentadora e indecente, como você disse, mas somos adultos, merecemos, não acha?

O turbilhão de sensações que invadiram os órgãos internos de Silvia podia ser comparado a um tsunami que lhe explodiriam o peito. Ela desconhecia aquela mistura de emoções inusitadas, abruptas, apressadas, invasivas, mas felizes. Teve que conter o ímpeto de responder "sim, sim, sim". Sabia que a sua impulsividade a levaria direto aos braços de Jorge, depois de mais uma garrafa de vinho e uma grande carência afetiva. E no outro dia como ela estaria? Culpada, arrependida, mal? Por outro lado, se dissesse não, seria como estar com frio e entrar num lago gelado. Apagaria aquele fogo interno, voltaria para casa íntegra e fria. E, provavelmente, também arrependida.

Passaram-se um, dois, cinco minutos e Silvia tamborilava a taça vazia de olhos baixos. Jorge estava ficando sem graça. Não queria constrangê-la a aceitar, nem tampouco perder a oportunidade de tê-la nos braços por uma noite, ao menos. Ele esticou a mão direita e acariciou a mão esquerda dela, ainda de aliança. Ela ergueu os olhos e disse:

— Jorge, o convite é muito tentador, mas não posso aceitar. Vamos tomar mais um vinho aqui mesmo? Ou, se você preferir, um café bem forte e muita água para quebrar o efeito do álcool antes de pegar a estrada?

—Tudo bem querida. Vamos tomar outra garrafa de vinho, então? É cedo ainda. Vou tomar bastante água também e depois um café bem forte para poder dirigir, está bem?

Tomaram o vinho sem comentar a recusa de Silvia.

Falaram de diversos assuntos, sem tocar em problemas pessoais. Quando chegou a conta, Silvia abriu a bolsa, mas, com um gesto, seu parceiro de jantar a impediu de continuar. Levantaram-se e ele a encaminhou à porta de saída do restaurante. Enquanto entravam no carro, ela deu uma olhada no relógio de pulso e viu que ainda não eram vinte e três horas. Tanto melhor, pois não queria preocupar os pais chegando muito tarde.

Eles não conversaram muito no percurso de volta. Ela sentia-se constrangida. Achava que sua recusa o tinha ofendido. Seria ingratidão ou grosseria não ter aceito o convite, ou melhor, a proposta?

Antes de chegarem à casa dos pais dela, Jorge a olhou de forma prolongada e perguntou:

—Tudo bem Silvia? Está tão quieta. Arrependida por ter saído comigo?

Endireitando-se no banco, com o rosto afogueado, embora a baixa temperatura da noite, ela respondeu apressada:

— Não, Jorge. Foi ótimo sair com você. Estou sem graça por ter te chateado.

— Chateado por quê?

— Por ter recusado teu convite. Por ter te contado minha vida pessoal.

— É óbvio que não. Relaxe querida, fique tranquila — disse Jorge, enquanto sua mão direita acariciava as mãos dela — Ela sorriu e voltou a recostar a cabeça no banco.

— No final das contas, você deve estar certa. Tem mais juízo que eu. A gente sabe como acabaria a noite se você tivesse aceitado...

— Pois é. E foi exatamente por isso que não pude. Sei que estou carente e seria difícil não cair nos teus braços — Silvia disse contrariada com a própria vulnerabilidade.

— Ora, ora, já valeu a noite; um elogio desses da linda Silvia, minha doce primeira namorada!

— Chegamos — Jorge desligou o carro e, enquanto olhava para ela, perguntou — quando é que você pretende ir embora?

— No domingo ou na segunda-feira bem cedo. Volto ao trabalho na quarta-feira.

— Vou mudar minha pergunta: quando é que você volta para a terrinha, para os velhos amigos?

— Isso não faria diferença para você, não fosse aquele encontro casual ontem à noite, não é? — ela o contrapôs, rindo.

— Mas quis o destino que a gente se encontrasse, que eu a revisse e que meu coração ficasse revirado.

Enquanto falava e segurava as mãos dela com a mão esquerda, a mão direita acariciava com suavidade os cabelos, o rosto e a nuca de Silvia, que fazia movimentos débeis de resistência. Ela não respondeu e apenas o olhou languidamente, como se aguardasse o próximo passo.

O beijo apaixonado não demorou a acontecer. Ele, mais uma vez, com a voz rouca e sôfrega de desejo, a convidou para sua casa. Ela, mais uma vez, disse não, querendo dizer sim. Querendo gritar sim. Entre um beijo e outro, Silvia murmurava, tentando se convencer, outra vez talvez, Jorge, outro dia. E num rompante, sem marcar outro encontro ou telefonema, ela saiu quase correndo do carro. Entrou pelo portão da casa sem olhar para trás.

Silvia não sabe como entrou na casa dos pais e se preparou para dormir, tal a sensação de estar fora de si, fora de controle. As mãos tremiam, o coração batia descompassado, as pernas bambas e a cabeça! Ah, a cabeça não conseguia pensar em nada, nem mesmo em arrependimento.

Na manhã seguinte levantou tarde, como nos outros dias, desde que chegou na casa dos pais. Não fosse a vergonha, dormiria o dia todo. Culpa do vinho. Não estava acostumada a beber. Ela e Raul raramente bebiam juntos. Ele gostava de *whisky*, ela tomava um aperitivo qualquer apenas quando saíam.

E agora? — pensou.

Na monotonia e estagnação que andava sua vida e seus sentimentos, aquele reencontro e aquele beijo se hiperdimensionaram. Ela nunca mais seria a mesma. Mesmo que não voltasse a vê-lo, mesmo que não se separasse de Raul. Ela tinha a sensação de ter atravessado a tênue linha energética que separa a coragem do perigo, a necessidade do desvario, o bem do mal.

Resolveu que não contaria os detalhes daquela despedida para ninguém. E torceria para que Jorge não a procurasse nunca mais. Não! Nunca mais é muito tempo! Torceria para que ele não a procurasse amanhã ou nos próximos dias. Não suportaria se ele não a procurasse nunca mais.

O dia passou devagar. Apenas a mãe lhe perguntou como foi a saída e ela disse que tudo bem, mas não comentou nenhum detalhe.

A noite de sexta-feira chegou fria e sem nenhum telefonema de Jorge nem de Pedro, o que a deixou angustiada e decepcionada. Olhava pela janela da sala na esperança de algum movimento, alguma novidade. Mas só via escuridão e o silêncio na rua deserta. Resolveu ligar para o filho. Perguntou se ele estava bem, como iam as coisas. Surpreendeu-se com as notas alegres da voz do menino. Surpreendeu-se quando ele pediu que não se preocupasse. Surpreendeu-se ainda mais quando o filho perguntou se os avós estavam bem. Silvia teve que segurar o choro.

Nos dias posteriores à cena de ciúmes, eu e Eduardo pouco nos falamos. Ele saía de casa cedo, voltava do trabalho mais tarde que de costume e mostrava-se cabisbaixo e um pouco mal-humorado. Eu confesso que não sabia lidar com aquela situação e disfarçava a frustração falando ao telefone, escrevendo e conversando com Laura e Julia. Em muitos anos de casamento não me lembrava de tê-lo visto agir assim, acabrunhado e de mau humor. Eu que tinha criado, nos últimos anos, tantos personagens esquizofrênicos, relações passionais com finais infelizes, amores possíveis e impossíveis, não estava sabendo lidar com uma simples mudança de comportamento do meu marido. Mas a personalidade e o modo de agir das personagens tinham nascido da imaginação, da observação e da pesquisa. Não faziam parte do meu cotidiano, antes tranquilo e sem perturbações.

Na quarta-feira, passei o dia me preparando psicologicamente para uma conversa séria com Eduardo, a fim de resolvermos aquela rusga que estava me matando. Quando cheguei no quarto ele se preparava para deitar e eu, numa entonação que oscilava entre o carinho e o medo da rejeição, consegui dizer:

— Edu, vamos conversar um pouco?

— Sobre o que, Ana? — respondeu ele me olhando sério enquanto se enfiava debaixo das cobertas.

— Sobre nós dois, sobre o teu silêncio e esse jeito estranho dos últimos dias que estão me matando! Eu quero fazer as pazes, Edu, não gosto de como as coisas estão.

— Nós não estamos de mal, meu bem, não se preocupe — respondeu ele com uma nota de sarcasmo.

— Ah, então você quer me convencer de que está tudo bem, "meu bem"? — respondi irritada.

— Ana, vamos deixar essa conversa para outro dia, porque discutir a essa hora vai nos tirar o sono, é isso o que quer?

— Não, Edu, eu quero ficar na boa contigo, estou com saudades, estou carente, você não se importa? — tentei argumentar.

— Talvez seja bom pra você sentir essas coisas, não acha?

— O que quer dizer com isso? Por que não diz claramente ao invés de insinuar, Edu?

— Então tá, Ana, você não vai me deixar dormir sossegado mesmo — ele se sentou na cama, disposto a espalhar todas cartas sobre a mesma, o que me deixou aflita e com um pouco de medo, confesso. Sentei-me na poltrona próxima e aguardei o julgamento, com olhos expectativos e coração apertado.

— Sabe o que é Ana? Comecei a relembrar tuas atitudes nos últimos anos e uma sementinha nasceu e foi amadurecendo aqui — ele apontou para a própria cabeça.

— Ah é? Posso saber que sementinha é essa? — perguntei angustiada.

— Talvez você nem se dê conta disso, Ana, mas você não me ama mais. Você está apenas acostumada com nossa vida, com tua rotina tranquila — Eduardo disse isso com uma calma forçada e o que senti com aquelas palavras foi mais doloroso que uma dor física, mais impactante que um choque elétrico. Não sei quantos segundos ou minutos se passaram até eu conseguir dizer:

— Posso saber exatamente o que te levou a pensar assim? — um nó na garganta quase me impediu de falar.

— É um conjunto de coisas Ana, não é um fato só. Eu sou conveniente para você enquanto não atrapalho. Abro mão de uma série de coisas pra ficar com você e com as meninas, mas você não abre mão da sua rotina por nada, nem por ninguém!

— É porque não fiquei exultante com a viagem que me propôs; foi isso, não foi? — indaguei.

— Foi a partir dali que comecei a enxergar as coisas.

— Ah, Edu, eu não sei o que dizer, estou chocada. Acho que você anda carente e fazendo deduções precipitadas. É claro que eu te amo, eu nem sei viver sem você!

— Você está apenas acostumada, Ana. Se eu sumisse da sua vida, mas a rotina continuasse, em pouco tempo você se acostumaria.

— E o que você sugere então, já que decidiu o que sinto e deixo de sentir!? — a minha insegurança de antes estava se transformando em raiva.

— Vamos descansar agora e outro dia conversaremos com calma, está bem?

Eu estava aturdida com o desdobramento da conversa que esperava fosse de reconciliação. Não sabia o que pensar, dizer, sentir. Saí do quarto com um buraco negro no peito que me impedia de chorar ou me indignar.

Joguei-me no sofá da sala e, com as luzes apagadas, fiquei lá por horas. Naquela noite não tinha a menor condição de voltar ao quarto. Acordei com o frio da madrugada, peguei uma coberta e voltei ao sofá, embora não conseguisse mais pegar no sono.

A manhã chegou nublada e escura e quando abri as janelas, pensei que combinava bem com o que eu sentia. Respirei o ar frio do dia e apertei os olhos com força na esperança de que quando os abrisse novamente o mundo estivesse melhor, o sol brilhasse, Edu chegasse com um abraço me chamando de amor, como sempre fazia ao acordar. Naquela manhã não enxerguei o movimento nem ouvi os sons da rua. Pela primeira vez, talvez, o que acontecia lá fora não me interessava. Não sentia vontade nem de chorar nem de contar a Julia e Laura o que estava acontecendo. Lembro-me de me sentir como um robô sem vontade própria. Naquela manhã, vesti-me com dificuldade, tomei o café sem sentir o gosto, não saí para caminhar e nem tive vontade de escrever. Dei graças a Deus porque, justamente naquele dia, Alzira tinha um compromisso particular e não viria. Eu ficaria constrangida de ser vista ou observada por quem quer que fosse daquela forma.

Eu sabia que precisava reagir, não fazia sentido ficar amortecida e inerte daquele jeito. Pensei que de repente a meditação pudesse me ajudar. Fui ao canto da sala, com almofadas e tapete, sentei-me, fechei os olhos, respirei fundo, tentei relaxar. Não sei por quanto tempo fiquei naquela posição e levei um susto quando o celular começou a tocar. Levantei-me com as pernas dormentes e demorei a encontrá-lo. Quando finalmente o achei, a pessoa do outro lado tinha desligado. Vi que era Edu. E agora? Eu devia retornar a ligação ou esperar que ele ligasse outra vez? Eu estava insegura, talvez pela primeira vez em anos. Parecia pisar em terreno instável, desconhecido, movediço. Precisava encontrar um lugar seguro onde me apoiar. Aquele Eduardo de ontem a noite que me disse coisas perturbadoras e de um modo calculado não era o meu marido de sempre. Eu estava com medo de enfrentá-lo novamente e ouvir verdades para as quais nunca estava preparada.

Sentei-me no sofá olhando com raiva para o celular e as palavras da noite anterior voltaram com força: "você não me ama mais", "não abre mão da rotina por nada", "está apenas acostumada", "sou conveniente se não atrapalho". Outras palavras surgiram: "você é egoísta, Ana! Muito egoísta!" "você é acomodada, preguiçosa, não sabe cozinhar!", "não gosta de mim, não gosta de ninguém, Ana!"

Quando me dei conta, estava chorando e com as mãos nos ouvidos dizendo "não, não, eu não sou assim!"

Ainda chorava quando o celular tocou novamente. Enxuguei as lágrimas com a manga do moletom, assoei o nariz com um guardanapo e tentei falar com voz normal. Do outro lado, Edu perguntou como eu estava, se tinha dormido bem. Disse que ficou preocupado quando viu que não dormi no quarto. As palavras dele, naquele momento, preocupado comigo, foram um estopim para uma convulsão de choro que eu não consegui esconder. Ele despediu-se pedindo calma e mais alguma coisa que não entendi. Desliguei o telefone e deitei de bruços no sofá. Numa das mãos o pacote de guardanapos quase no fim. Depois de trinta minutos, eu estava melhor, mas os olhos ainda inchados e vermelhos. E foi assim que ele me encontrou quando abriu a porta da sala e veio até mim. Eu tinha me sentado com a chegada dele e por algum tempo ficamos nos olhando. Como ele não dissesse nada, baixei os olhos e comecei a chorar outra vez. Eduardo me puxou pelas mãos e me abraçou, enquanto passava sua mão direita na minha cabeça. Aquele aconchego era o bálsamo curativo que eu precisava naquele momento. Aos poucos parei de chorar, mas não conseguia dizer nada. As palavras tinham sido bloqueadas.

— E aí, Ana, por que você está desse jeito? Ainda chocada com o que eu disse ontem?

Eu soltei-me dele de imediato, pois senti um tom de crítica e de cobrança na sua voz, que não combinavam com a atitude de minutos atrás.

— Como queria que eu me sentisse depois dos absurdos que me disse, Edu? Sinceramente, acho que você pirou! Estou chocada sim, sem chão, nem sei o que pensar!

— Mas por que, meu bem? Só porque ouviu umas verdades que não queria ouvir? Pensei que fosse mais forte.

— Você veio cedo pra casa só para me agredir, Edu? — eu estava indignada.

— Não Ana, não é nada disso, eu só queria...sei lá!

Edu levantou as mãos para o alto e depois esfregou a cabeça e a nuca, como se ambas doessem. Como continuei calada, ele prosseguiu — eu só queria que você percebesse, Ana, a diferença de tratamento entre nós dois, eu também demorei a perceber.

— Não sei do que você está falando — retruquei, na defensiva.

— Ana, você é uma mulher inteligente, deveria ser bem sensível, já que é escritora, como não percebe?

— Você está me agredindo outra vez. Ontem me chamou de egoísta, agora de insensível e provavelmente está pensando que sou tonta, imbecil e outras coisas mais.

— Não é nada disso, mulher! — Ele andava de um lado para outro, enquanto eu me sentei no chão, apoiando as costas no sofá.

— Não sei o que é para eu perceber, pode me dizer?

— Olha Ana, posso até estar enganado, mas tenho a impressão neste momento de que eu sou e sempre fui apaixonado por você, disposto a fazer qualquer coisa por você e pelas meninas, enquanto você não. Você parece não se importar muito comigo, com meu trabalho, com meu dia a dia. Tenho a sensação de acabar de abrir os olhos e enxergar pela primeira vez.

Senti o peito explodindo outra vez. Ah, como eu gostaria que tudo aquilo não passasse de um pesadelo. A vontade de chorar de minutos atrás foi substituída pela indignação e vontade de desaparecer. Olhei para ele com raiva, me levantei e saí em direção ao nosso quarto. Ele me seguiu, mas antes que entrasse foi barrado pela porta que bateu com força e por pouco não acertou seu rosto.

— Ana, abra a porta, vamos conversar melhor, por favor!

— Vá para o diabo, Edu! Me deixe em paz!

Retirei do armário uma mala grande e, impulsivamente, comecei a jogar várias peças de roupa dentro. No banheiro, peguei shampoos, creme dental, sabonetes, abri gavetas procurando por coisas que não sabia e fui colocando na mala, sem pensar. Quando lembrei-me dos calçados, tive que pegar uma segunda mala. Depois de encher as duas sem a menor ideia de onde usá-las, eu estava mais calma e não sabia se Eduardo me esperava ou se tinha saído. Fiquei um tempo encostada na porta do quarto tentando ouvir algum som, mas não ouvi nada. Lembrei-me das meninas. Precisava conversar com elas antes de fugir, mas meu celular tinha ficado na sala. Esperei mais uns cinco minutos e então abri a porta do quarto devagar e espiei corredor afora. Estava tudo silencioso e vazio. Caminhei sorrateira até à sala e não vi Eduardo. Peguei o celular, voltei ao quarto, tranquei a porta e disquei para Julia.

Pedi que localizasse Laura e viessem para casa. Enquanto as esperava, revisei as malas e comecei a pesquisar na internet lugares onde pudesse me esconder. Eu sabia que agia impulsivamente e de forma inadequada. Tinha a sensação de que aquela atitude, a de fugir de casa e do problema, era imatura e insensata. Não era a atitude de uma mulher madura, razoável, dona de si. Por outro lado, eu seguia o coração, o imediatismo da pressa e da emoção. Precisava de um tempo e de um lugar para ficar sozinha, longe da família e, em especial, longe do marido. Enquanto pensava no que dizer às filhas, eu andava de um lado para o outro do apartamento, abria, olhava e fechava a geladeira sem pegar nada, me sentava e levantava do sofá, sem conseguir me acalmar. Fiquei assim até ouvir a porta se abrindo e as meninas entrando preocupadas.

— Oi mãe, o que aconteceu? — Julia entrou perguntando, enquanto Laura me olhava mais calada que nunca. Ambas jogaram as bolsas da faculdade numa poltrona e se sentaram em minha frente, esperando resposta.

— Meninas, não vou fazer rodeios, vou direto ao ponto, está bem? — Após, um hamham, disse que eu e o pai delas tínhamos tido uma discussão feia e que eu precisava ficar uns dias longe de casa. Evitei contar os detalhes e os porquês da discussão, tampouco o quanto as palavras duras que ouvi me desestruturaram.

— Mãe, mas vocês se dão super bem, não entendo o que pode ter acontecido! — respondeu Julia — e continuou — Não é possível que por quase nada vocês estejam nessa briga toda!

Laura segurou minhas mãos e disse — É mãe, por que não conta pra gente porque discutiram?

— Foi por uma bobagem. Isto é, eu achava que era uma bobagem. Mas pro seu pai não foi — respondi.

— Mas que bobagem foi essa? — as meninas perguntaram ao mesmo tempo.

— Começou quando o pai me convidou para viajar e eu não fiquei exultante. Ele cancelou a viagem e ficou chateado comigo. Depois, me ouviu conversando por telefone com um escritor de Moçambique, amigo meu, e ficou com ciúmes. Disse-me muitas coisas, fiquei chocada, sem chão, depois com raiva e agora, quero viajar, pôr a cabeça em ordem. Só queria a concordância de vocês — Falei num fôlego só e olhei ansiosa para as duas, esperando uma resposta positiva.

— Mãe, será que adianta fugir assim? Não era melhor conversar com o pai e se entender com ele? — disse Laura.

— Onde está o pai agora, mãe? — perguntou Julia.

— Não sei. A gente discutiu agora a pouco, eu me tranquei no quarto e ele saiu — estendi o braço em direção ao hall de entrada.

— Não é possível conversar com ele agora meninas; vamos discutir outra vez e não resolver nada. Nós dois estamos de cabeça quente. Eu já chorei muito, agora estou melhor.

— Mas para onde está pensando em ir? — quis saber Julia.

— Para alguma pousada no Rio de Janeiro — respondi.

— Por que tão longe? — perguntou Laura.

— Porque preciso de sol e de São Paulo até o Rio Grande do Sul só chove e faz frio. Preciso de espaço pra pensar melhor, ficar longe do seu pai um pouco. Na verdade, nem eu sei direito do que preciso. Por outro lado, não quero deixar vocês sozinhas e preocupadas.

— Mãe, a gente se vira, não se preocupe. Mas você tem que manter contato com a gente, deixar o celular sempre ligado, tá bom? — disse Julia se levantando e dando o assunto por encerrado, mas Laura ainda não — Mãe, se o pai está com ciúmes, essa sua viagem vai piorar a situação!

— Filha, seu pai não tem motivos para ter ciúmes. Eu não vou deixar de fazer o que quero para evitar que ele sinta ciúmes. Você não acha?

— Não sei não, mãe. Acho que essa viagem pode piorar as coisas entre vocês — disse Laura.

—Preciso correr o risco. Por que ele me disse coisas que me desestabilizaram? Essa viagem é a consequência. Vou pagar pra ver — respondi sabendo que parecia ser o argumento de uma adolescente mimada e cheguei a me envergonhar. Baixei a cabeça por um instante pensando no que dizer para remendar a fala anterior. Mas antes disso, Laura disse:

— Está bom, mãe. Se você está irredutível, me calo. Mas você precisa dizer pra gente exatamente onde vai estar.

— Por enquanto, nem eu sei. Mas assim que eu descobrir, aviso vocês, tá ok? Mas tem uma condição, meninas!

— Qual? — as duas perguntaram juntas.

— Não digam ao seu pai onde eu estou. Não quero que ele me procure, se é que isso pode acontecer — completei baixinho.

Julia e Laura trocaram um olhar de cumplicidade e não disseram nada.

Chamei um táxi, abracei as meninas e fui para o aeroporto. Pegaria o vôo das dezessete horas. Chegaria ao Rio no começo da noite. Eu não tinha reservado hotel. Pensei que por uma noite apenas conseguiria algum disponível sem muito esforço. No saguão do aeroporto, antes do embarque, lembrei-me de Tânia, uma velha amiga que morava no Rio. Apesar de não nos vermos nem nos falarmos com frequência, eu sabia que nossa amizade estava intacta e bastava um telefonema para reativá-la.

Após o check-in, sentei-me num banco disponível, próximo à loja do Boticário, peguei o celular e disquei o número da amiga. Dia de semana, meio da tarde, era provável que ela estivesse no trabalho, pensei, enquanto aguardava. Na quinta chamada, Tânia atendeu, esbaforida.

— Alô!

— Tânia? Tudo bem? É Ana, de Curitiba.

— Oi minha amiga, como está? Tudo bem com você?

— Tânia, estou indo para o Rio agora e, se você estiver sozinha, posso ficar no seu apartamento por um ou dois dias? Caso contrário, vou direto para um hotel e te telefono depois. Não tem problema.

— É claro que pode ficar comigo, vai ser ótimo Ana. Estou com saudades mesmo! Sabe chegar lá em casa?

— Se for no mesmo endereço, sei sim. Obrigada, até mais!

Agora eu podia relaxar. Viagem resolvida, voo no horário, tudo sob controle.

Fui para a sala de embarque e aguardei mais meia hora até a chamada do voo. Lembrei-me, quase atrasada, de avisar as meninas. Disse que estava tudo certo, estava embarcando, ficaria uns dias com uma velha amiga no Rio. As meninas não tinham o telefone e nem o endereço dessa amiga. Por isso, não havia nenhum risco de passarem os dados para o pai.

Após me ajeitar no banco estreito do avião, fechei os olhos e quis saber de onde surgia esse temor de que Eduardo soubesse meu paradeiro nos próximos dias. Era certo que eu não queria falar com ele. Suas palavras ferinas ainda me queimavam e causavam raiva. Por enquanto, ao menos, eu queria me manter bem longe dele.

Em vinte e poucos anos de casamento, era a primeira vez que acontecia uma ruptura entre mim e Eduardo. A primeira briga feia, o primeiro afastamento físico e emocional. Uma dor aguda do lado esquerdo do peito me fez abrir os olhos assustada. O avião iniciava as manobras na pista. O tempo estava fechado e por pouco, talvez, o voo não tenha sido cancelado. Uma sorte, pensei. A dor aguda continuava, mas pelo menos não sentia vontade de chorar. Melhor assim. Odiaria viajar rodeada de estranhos tendo que esconder lágrimas teimosas. Não combinava comigo a fragilidade de algumas horas atrás. Lembrei-me de Silvia. Na pressa com que decidi viajar não me lembrei de trazer o *notebook*.

Voávamos por sobre as nuvens e o sol se punha bonito, indiferente ao tempo ruim lá de baixo. Não pude deixar de pensar na relatividade das coisas, no sentido de tudo, na vulnerabilidade da vida. Num instante qualquer as situações e os sentimentos podem se alterar drasticamente.

Pensei no Rio, pensei no sol e sorri.

Será que as pessoas têm noção de como o Sol é vital a nós, pensei, tentando me animar. E então me lembrei de que nessa época costuma chover muito no Rio. É o período em que as ruas ficam inundadas por águas sujas e os carros são arrastados. É quando ocorrem os deslizamentos das encostas e as casas e barracos caem junto com a lama dos morros e muita gente morre. Hum, tomara que não! Preciso de sol, pensei, ao mesmo tempo em que as palavras de Eduardo voltaram a ecoar nos meus pensamentos: "você é egoísta Ana! Pessoas morrendo porque suas casas despencam morro abaixo com as chuvas e você chateada porque precisa de sol para se sentir melhor!"

Ora, dane-se, não sou a salvadora da Pátria e muito menos do mundo. Os barracos caem porque as pessoas não tem cautela, constroem onde não devem e o poder público não faz sua parte. O que eu tinha com isso? Eu iria a procura do sol sim e não sentiria culpa se a chuva me espantasse de lá!

Apesar de tentar me convencer disso, uma dor forte e difusa se espalhou por entre os órgãos internos, coração, estômago, umbigo. E eu sabia bem porque. Sabia que por mais que não tivesse culpa direta pelos barracos caindo das encostas e pessoas morrendo, enquanto soubesse que essas tragédias aconteciam com homens, mulheres e crianças que também não tinham culpa, todas as pessoas do país sentiriam dor no peito e não poderiam dormir tranquilas. Pois os antigos filósofos hindus, gregos, egípcios já diziam que o conhecimento das coisas traz responsabilidades. E que todas as pessoas da Terra estão interligadas por cordões de energia como as contas de um colar e só sentirão paz quando se desfizerem todos os nós desse colar. Eu sabia bem disso.

Meus pensamentos foram interrompidos pelos comissários de bordo servindo o lanche e então me lembrei de que não comia nada desde o café da manhã. E o lanche escasso não saciou minha fome súbita.

Depois de quarenta minutos ou pouco mais, o piloto informou o pouso próximo e fez as recomendações de praxe. Quando o avião parou e todos se levantaram, peguei a bolsa e a maleta de mão. Precisava pegar a bagagem maior na esteira e depois um táxi até o apartamento de Tânia. Então me xinguei por ter trazido tanta bagagem.

O tempo parecia bom. Antes de entrar no carro, vi que o céu estava limpo e apenas um ventinho fresco lembrava de que estávamos em pleno inverno.

O apartamento de Tânia fica no Flamengo, a poucas quadras do mar. O lugar é agradável, mais pela proximidade do mar que pelas ruas estreitas, movimentadas e sujas, bem diferente do bairro onde moro, em Curitiba. Tânia e eu fomos colegas de faculdade no curso de engenharia civil da UFPR, há décadas, mas nenhuma de nós tabalhou na profissão. Eu trabalhei em outras áreas antes de me dedicar à escrita e ela passou num concurso público e veio morar no Rio. Na portaria do edifício, perguntei se a moradora do 403 já havia chegado. O porteiro respondeu que sim e então subi satisfeita. Tânia me esperava ansiosa e com a mesa pronta. Disse que logo após o meu telefonema, passou no mercado e foi para casa ajeitar o apartamento, tomar um banho e encomendar uma comida. E que eu cheguei na hora certa, após todas as providências tomadas. Abraçamo-nos com saudades e estardalhaço, fazia uns quatro anos que não nos víamos. Após a mentirosa troca de elogios quanto à aparência física uma da outra desandamos a rir, pois bem sabíamos que não tinha como estarmos melhor que nunca. Eu estava com aspecto cansado, com olheiras fundas, cabelos e roupas descuidados. Há quanto tempo não ia a um bom cabeleireiro nem cuidava da pele? E agora, com o emocional abalado, a aparência física não poderia estar boa. E Tânia, desde a época da faculdade, era despojada de preocupações com a aparência física. Gostava de se sentir confortável, com roupas soltas, usava os cabelos crespos presos. Agora, passados quase vinte anos, com quilos a mais e cabelos brancos surgindo não podíamos estar melhor do que nunca. É claro, os gostos e as preocupações podem se alterar ao longo dos anos. Para algumas pessoas, vaidades podem surgir ou desaparecer. Mas, para minha amiga Tânia, decidida, corajosa, alegre, as vaidades físicas continuavam em último plano.

Decidi não despejar minhas dores sobre Tânia, pelo menos por enquanto. Falaria mais tarde, depois do banho, depois do jantar, quando fôssemos conversar com os pés sobre o estofado e uma taça de vinho nas mãos, se ela estivesse disposta a ouvir.

— Ana, você prefere tomar um banho agora ou depois do nosso jantar? Você é quem manda. A casa é sua! — disse Tânia entusiasmada.

— Obrigada amiga. Vou pro banho então, ok?

Enquanto me vestia, ouvi a campainha. Era o jantar que chegava. Bem na hora, pensei. Na cozinha, ofereci ajuda, que foi recusada. Comemos legumes com frango e cogumelos, além de sushi e sashimi. Tânia sabia que eu gostava de comida oriental. Para sobremesa, gelatina com sorvete.

— Mas, me conte Ana, que bons ventos a trazem? — perguntou Tânia, enquanto nos sentávamos no sofá confortável e os olhos escuros dela brilhavam de curiosidade e alegria.

Joguei a cabeça para trás, enquanto esticava as pernas e os braços, num alongamento felino, antes de enrolar-me no sofá de frente para ela.

— Pois é, amiga, não sei se são bons ventos que me trazem. Na verdade, estou a procura deles para melhorar!

— Pode ir falando!

— Eu e Edu tivemos uma espécie de "DR" fora de hora, uma discussão completamente despropositada e inesperada que acabou comigo!

— Humm, quer me contar?

Antes de eu responder, Tânia se levantou e fez um gesto pedindo que eu aguardasse um momento. Voltou com duas taças e uma garrafa de vinho. Serviu. Brindamos.

— Pronto, pode falar.

Eu desandei a falar, desabafei o que estava preso. Foi bom. Após me sentir aliviada, perguntei:

— Agora me conte de você! Quais as novas? Namorados, pedidos de casamento, muitas viagens, tudo bem no trabalho? E teus pais como vão?

— Pedidos de casamento?! — Tania levantou as pernas, jogou a cabeça para trás e deu uma gargalhada, quase se engasgando com o vinho — Deus me livre disso, amiga!

E quando a última gota de vinho acabou, já era tarde e nós ríamos. Eu tinha desabafado, chorado, ouvido e dado conselhos. Agora, ambas nos sentíamos leves, tontas e achando que não existia nenhum problema insolucionável em nossas vidas.

Na manhã seguinte, acordei após a saída de Tânia para o trabalho. Vi seu bilhete, dizendo que ligaria mais tarde. Resolvi dar uma volta pelos arredores e caminhar pela praia enquanto decidia o que fazer. Queria falar com Julia e Laura, mas pela manhã elas estavam na faculdade. Então eu ligaria mais tarde.

Organicamente eu me sentia melhor do que na véspera, quando agira dominada por emoções exageradas. Agora poderia refletir e avaliar melhor a situação, me autoavaliar.

Enquanto caminhava pela orla da praia, pensava em Eduardo. O que ele estaria pensando da minha fuga? Estaria me chamando de covarde ou talvez pensando que eu teria vindo atrás do "amigo escritor?" Se assim fosse, as coisas iriam piorar entre nós.

Sentei-me de frente para a Baía de Guanabara e observei o Pão de Açúcar aparentando proximidade. Deslumbrante, majestoso e, naquele momento, inacessível. Respirei fundo e sem querer profanar a beleza da paisagem, fechei os olhos e voltei a pensar em Eduardo. Teria ele alguma razão? Eu não era apaixonada por ele, mas apenas acomodada? Em tantos anos de casamento, essa dúvida nunca me incomodou antes. Vivi a rotina dos dias de forma tranquila pensando mais nas personagens de meus livros que em minha própria vida. Mas, agia assim por considerar minha vida estável, segura, feliz. Por que, afinal, ele teve aquele surto filosófico de pensamentos e sentimentos desestabilizadores? Estava tudo bem, tão dentro do esperado, até surgir o convite para aquela viagem! Com o graveto encontrado no chão, cutuquei a areia com força.

Lembrei-me de Silvia. Eu a tinha abandonado, por conta dos últimos acontecimentos. Embora por razões diversas, estávamos ambas num impasse, num entroncamento. E, pensando melhor, seriam razões diversas mesmo? A causa de tudo não seriam o ciúme e o sentimento de rejeição por um dos cônjuges?

Retornei ao apartamento. Ainda faltava muito para a hora do almoço e para conversar com as meninas. Sentia que estava ficando aflita. Não sei se era um pressentimento ruim ou apenas o desequilíbrio entre o querer e o estar, um desajuste causado por minha fuga.

Lembrei-me outra vez das acusações de Eduardo. Seria eu egoísta e mimada mesmo? Com quase cinquenta, mãe de família, uma escritora? Será? Precisava fazer autoanálise. Talvez não me conhecesse tão bem quanto pensava.

Uma dor de cabeça e um aperto no peito me fizeram deitar no sofá e fechar os olhos, na tentativa de melhorar. Respirei fundo várias vezes, até quase pegar no sono. Sentindo frio, me levantei e olhei o celular. Ninguém tinha ligado. Eram onze e meia. Mais meia hora e poderia ligar para as meninas. Por que eu não estava em paz, se estava longe de casa, longe do marido, perto do sol e da praia? Não era isso o que eu buscava? Não eram essas coisas que me deixariam melhor? Percebi que tinha me enganado. O conflito permaneceria em mim, onde quer que eu estivesse. Num resort paradisíaco do Taiti, na *Champs-Élysées*, em Paris, na Quinta Avenida, em Nova Iorque, *Oxford Stret,* em Londres. Não importava em que lugar do mundo estivesse, a angústia ou a paz de espírito estariam ou não dentro de mim.

Comecei a sentir fome. Coloquei o celular, algum dinheiro e documento numa pequena bolsa que atravessei no corpo e saí. Entrei no primeiro restaurante simpático que vi. Sentei-me com o celular em mãos. Agora sim poderia ligar para Laura e Julia.

— Oi Julia, tudo bem filha? Laura está com você? Não? Depois eu ligo pra ela. Eu estou bem, não quero que se preocupem, ok? Agora estou almoçando perto da casa da Tânia. Não, estou sozinha, ela está trabalhando. Como vocês estão? E teu pai? Ah, ficou brabo comigo? Eu sabia! Não sei ainda quando eu volto, filha, acho que amanhã ou depois; ah, o pai vai viajar? Quando? Para onde? Assim que souber me avise, ok? Vou ligar para a Laura, está bem? Beijos, te amo também!

Fiquei desnorteada com a notícia de que Eduardo viajaria. Não sabia se era a mesma viagem da qual tinha desistido por minha culpa ou outra viagem. Estaria ele viajando apenas para se vingar de mim? Uma vingança estúpida não combinava com a personalidade dele. Pelo menos até onde eu sabia ou pensava que o conhecesse. De repente as pessoas mudam e fazem coisas que nunca fizeram antes quando se sentem pressionadas ou invadidas por emoções conflituosas. Eu sabia bem disso como curiosa da psicologia e da filosofia que era. Pesquisava sobre o comportamento humano, tinha o costume de observar e de analisar as pessoas que conhecia. Ri sozinha pensando nisso. Que ironia do destino! Eu pensava conhecer o comportamento de estranhos, enquanto não conhecia os meus próprios, tampouco os do meu marido!

Almocei devagar, embora não sentisse o gosto da comida. Os pensamentos confusos quase não me deixavam engolir.

Começava a me arrepender de ter agido impulsivamente e viajado sem pensar nas consequências. Os efeitos disso estavam aparecendo e eu não sabia se daria conta.

Acabei de almoçar e me lembrei de Laura. Com ela, as palavras que eu diria tinham que ser cautelosas e bem pensadas.

Não podia falar qualquer coisa. Não sei se por medo de machucá-la ou de ser julgada com mais rigidez. Resolvi que falaria com Laura mais tarde.

Saí do restaurante com vontade de caminhar um pouco mais. O dia estava bonito, o sol agradável. Olhei para os dois lados e resolvi andar para o sentido oposto ao apartamento. Foi quando vi uma Igreja. Há quanto tempo eu não reparava e muito menos entrava numa igreja? Parei, olhei para o alto, vi a porta aberta e resolvi entrar. Parecia um templo católico, mas poderia ser evangélico, messiânico, budista, o que importava? Há quanto tempo eu não rezava com sinceridade sem a pressa ou o preconceito, sem a automatização ou a desconfiança? Tinha a sensação de que fazia um século. Ou mais. Talvez no batizado das meninas ou no casamento de conhecidos. Nem ao menos conseguia me lembrar. Fui entrando sem jeito, desconfortável. Lembrei-me de quando escrevi sobre Silvia entrando numa igreja. Sentei-me numa das fileiras de bancos escuros e baixei a cabeça. Não sabia o que dizer, pedir ou agradecer. Apenas senti a tranquilidade do lugar, quase vazio.

Ao sair, fiz um sinal da cruz meio sem graça e um pedido de desculpas. Sim, desculpas por minha falta de devoção — ou dedicação, talvez — e por quase não acreditar naquilo que não pudesse ver.

Quando entrei no apartamento de Tânia, o celular começou a tocar. Era Laura.

— Oi filha, tudo bem? Eu já ia te ligar. Acabei de voltar do almoço. Estou bem, não se preocupe. Alguma novidade? Sim, Julia me disse que o pai vai viajar; sabe os detalhes? Vai domingo, para Portugal e Espanha, humm, sei. Assim que eu decidir quando volto, aviso vocês, está bem? Te amo, filha, se cuida, tchau.

Depois que desliguei, pensei se não devia ter dito à Laura que vim ao Rio sabendo que o meu amigo escritor não estava mais no Brasil. Quem sabe ela não comentaria com o pai, afastando a possibilidade dele pensar bobagens. Não, não, melhor assim. Eu não podia envolver Laura nisso, pensei. Vi que tinha uma ligação perdida de minha mãe. Pensei em retornar, mas a chegada esfuziante de Tânia, com uma sacola de compras, adiou meus planos.

— Oi querida, pronta pra passear?

— Chegou mais cedo? Matando a tarde de trabalho da sexta-feira por minha culpa?

— Querida, arrume suas coisas que vamos passar o final de semana numa pousada maravilhosa em Búzios. Eu, você e mais duas amigas que querem te conhecer.

— Ai Tânia! Estou meio tonta ainda; acabei de ficar sabendo que Edu viaja nesse domingo. Você não acha que eu deveria pegar o primeiro voo de volta pra casa?

— Nada disso, Ana. Você não se distraiu nem descansou ainda. Nem pude te fazer companhia! Este final de semana vai ser bom pra você, vai ver! Por que não telefona pro Eduardo?

— Telefonar? Não, vou dizer o quê? Estou sem chão com ele. Não quero falar nem encontrar com Eduardo. Por outro lado, nós dois viajando sem se falar fica ruim e estranho. Não gosto.

— Bom, minha amiga, não vou te forçar. Vamos fazer o seguinte: vai demorar ainda para as meninas chegarem. Até lá, você decide se vamos pra Búzios, se você vai pra casa ou ficamos aqui nós duas, certo?

Apenas ri e fui para o quarto que me hospedava. Estava quase chorando. Sentei-me na cama e abaixei a cabeça apertando-a com as duas mãos. Que droga! Não lembrava de me sentir assim antes, nem mesmo na época dos dramas juvenis. Parecia haver dentro de mim um buraco preenchido por ondas geladas e quentes que agulhavam e queimavam ao mesmo tempo. Ah, como seria bom se Eduardo largasse tudo em Curitiba, viesse me buscar, dissesse que estava tudo bem. Pelo menos se me telefonasse, pedisse para eu voltar. Ah, como doía aquela ruptura inesperada.

Mas, naquele momento, eu precisava parar de lamentações e decidir se voltaria para casa ou acompanharia Tânia. Senti vontade de perguntar à Laura. Ah, Laura, sempre tão ajuizada e profunda. Ela é que deveria ser a mãe. E eu, outra vez, me comportando como uma adolescente querendo a opinião da tia ou da amiga.

Em vez de incomodar a filha, eu deveria seguir minha intuição. Mas, por onde ela andava? Há quanto tempo não a sentia? Era provável que eu estivesse desconectada daquilo que chamam de essência, coração, "eu superior", alma.

Corrigi a postura, fechei os olhos, respirei fundo e tentei relaxar. O coração bateu mais forte e os pensamentos me incomodaram. Mas mantive firme a postura e os olhos fechados. Devo ter ficado assim por apenas cinco minutos, mas quando abri os olhos tinha tomado uma decisão: peguei a mochila, coloquei algumas roupas, uma sandália de couro, uma havaiana, filtro solar e produtos de higiene.

— Estou pronta Tânia, vou com vocês.

— Ah que bom, Ana! Vai ver como vai te fazer bem! Está vendo essa sacola? Tem duas garrafas de vinho, um queijo e uns doces para um piquenique na varanda da pousada depois do jantar.

Ri da disposição de Tânia. Eu precisava mesmo daquilo.

Meia hora depois, o interfone avisou que as colegas dela chegaram. Descemos com mochilas e sacolas, ela exultante, eu encabulada.

— Ana, Melissa e Carla — disse Tânia, apontando para mim e para as amigas, enquanto entrávamos no carro — Considerem-se apresentadas, ok?

Melissa e Carla foram efusivas nos elogios aos meus livros e também à minha aparência física, o que me fez desacreditá-las de imediato. Comentaram que nunca tinham visto uma escritora de perto e que só me conheciam da contracapa dos livros.

Embora preferisse permanecer calada durante a viagem, eu não queria ser antipática e me esforcei para mostrar entusiasmo às perguntas disparadas por Melissa, uma morena animada com bonitos olhos amendoados, mas reparei de cara hiperativa, ansiosa e insegura.

Carla, ao volante, conversava comigo e com Tânia através do retrovisor nos pequenos intervalos permitidos pela colega falante.

Nos primeiros cinquenta quilômetros do percurso, eu sabia com detalhes dos cinco últimos relacionamentos de Melissa. Minha cabeça estava atordoada e o estômago levemente embrulhado. Nenhuma de nós, ouvintes, nos precupávamos mais em dizer "humm", "nossa!", "puxa!", "que coisa!", "e aí?". Vi que Tânia estava preocupada comigo e me perguntou, baixinho, há quanto tempo eu não vinha para o litoral carioca. Perguntou também o que me fez decidir pela vinda para Búzios e não a volta para casa.

Com Carla concentrada na direção, e eu e Tania conversando atrás, Melissa viu-se obrigada a interromper seus relatos amorosos. Mas, na primeira pausa de dez segundos entre a nossa conversa, Melissa disparou um novo bombardeio, dessa vez de perguntas. Queria saber tudo, afinal, não é todo dia que se viaja com uma escritora, disse ela. Respondi que levava a vida da forma mais simples do mundo, provavelmente, mais simples que elas três. A veemência com que discordaram obrigou-me a dar uma boa risada e acabei relatando o meu desentendimento com o marido e que por isso, eu talvez não conseguisse ser uma boa companhia. Melissa e Carla discordaram de imediato e como costuma ser a solidariedade feminina, puseram-se à disposição para ouvir e aconselhar. Complementei dizendo, sem acreditar, no entanto, que a mudança de ares seria vital para minha melhora. Achei bom que as companheiras de viagem soubessem que eu não estava nos melhores momentos e, assim, os meus silêncios e caminhadas solitárias em Búzios estariam previamente justificados, sem que eu passasse por estranha ou antipática.

O restante da viagem foi tranquilo com a conversa variando entre a paisagem, as férias, os gostos e as preferências de cada uma.

Chegamos em Buzios à noitinha e fomos direto para a pousada reservada, a duas quadras da famosa Rua das Pedras, bem no centro da cidade. Tânia comentou que a viagem foi rápida porque estávamos no inverno e que nos meses de verão, costuma demorar o dobro de tempo.

Depois de acomodadas na bela pousada cercada de árvores e quiosques distribuídos pelo amplo quintal, caminhamos pela rua principal da vila, quase esbarrando nas dezenas de pessoas que desfilavam por entre as lojas, bares e restaurantes movimentados e alegres.

Eu queria me sentir bem, mas havia uma pressão constante no meu peito e que não parecia dor física. Alguma pessoa mística, provavelmente, diria tratar-se de dor energética de um desequilíbrio do chakra cardíaco ou esplênico.

Percorremos devagar toda a extensão da rua principal parando, vez ou outra, em frente às vitrines coloridas e modernas, até que um bar-restaurante com um músico tocando blues num dos cantos do tablado nos fez entrar sem titubeio. Cada uma pediu um drinque diferente enquanto escolhíamos a refeição da noite. Depois de dez minutos, enquanto experimentávamos os drinques uma da outra, Carla disse, quase me fazendo esgasgar:

— Meninas, a gente podia marcar uma hora amanhã com aquela vidente maravilhosa que tem aqui, como é mesmo o nome dela, Melissa?

— Vidente? — perguntei entre um gole do drinque e um riso meio debochado.

— Você não acredita Ana? Nunca foi em nenhuma? — perguntaram Carla e Melissa ao mesmo tempo.

— Eu nunca fui e não sei se acredito. Na verdade, sempre pensei que fossem charlatães.

— Não Ana, pelo menos essa daqui acerta tudo, sem a gente dizer nada, é impressionante! Você precisa conhecer!

Dei de ombros, enquanto as companheiras de mesa combinavam a marcação de horário com a vidente.

No sábado cedo, tomamos o café da manhã na varanda de frente para as árvores e para os quiosques e nos repartimos. Eu caminharia na praia, Tânia iria às lojas, enquanto Carla e Melissa tentariam achar a casa da vidente e marcar um horário. Combinamos de nos encontrar para o almoço.

Eu estava com muita saudade de ver o mar e sentir sua energia. Ah, o mar! Que mistérios escondem as águas azuis ou verdes do mar? Será que trazem nas espumas que se desfazem sob nossos pés os segredos das mulheres de outrora, que as faziam ter a prudência de Atena, a beleza de Afrodite, a compreensão da vida e da morte de Demeter?

Depois de admirar a beleza e sentir a força do mar por alguns minutos, caminhei devagar chutando a água que tentava molhar meu short branco. Fui e voltei algumas vezes pela enseada, recolhendo conchas e devolvendo-as à areia, depois estendi a canga e me sentei na areia seca. Apoiei o corpo nos braços e fechei os olhos. Quando os braços doeram, estiquei o corpo na canga e na areia.

Respirei fundo a maresia que me invadiu as entranhas. Eu precisava do poder curativo do mar e da cromoterapia daquele lugar. O verde das árvores, o branco da areia e das poucas nuvens, o azul do céu e do mar me trariam a vitalidade e o equilíbrio necessários.

Tive a impressão de que as forças da natureza me diziam sem rodeios: "amadureça, acorde, abra os olhos e perceba!".

O que havia para eu perceber e aprender que com mais de quarenta anos ainda não detectara? Fosse o que fosse, estava muito atrasada, podia sentir. Meus conflitos conjugais naquele momento pareceram distantes, pequenos, sem importância, dando lugar a outros muito mais profundos.

Quando o sol começou a queimar o rosto, apesar do chapéu, dos óculos de sol e do filtro solar, me levantei e caminhei de volta à pousada. Sentia uma paz estranha, que era também inquietação, perguntas, anseios. Na pousada vi que Tânia, Melissa e Carla já tinham voltado.

— E aí meninas? — perguntei, largando o chapéu na mesa e erguendo as sobrancelhas, curiosa quanto à vidente.

—Tudo certo, Ana. Marcamos para nós quatro, a partir das três e meia, que é pra dar tempo de almoçarmos tranquilas.

— Ai Meus Deus! — eu disse, levantando as mãos para o alto e depois cobrindo o rosto e rindo — nunca pensei em ir numa sortista, vidente, mãe-de-santo, sei lá como chamar essas pessoas. Desculpa, não consigo acreditar, meninas! Se ela for boa, como vocês dizem, vai perceber que eu não acredito!

— Ana, deixa rolar. Verá com seus próprios olhos, disse Melissa.

— Ok, vamos lá, então — eu disse, enquanto me jogava numa cadeira confortável e esticava as pernas.

No horário marcado, nós quatro batíamos à porta da casa simples ao fundo de um amplo terreno arborizado. Uma morena de meia idade abriu a porta e, sorridente, convidou-nos a entrar na sala de espera com cheiro de insenso.

Indicou as cadeiras que estavam dispostas uma ao lado da outra.

— E então, quem quer ser atendida primeiro? — perguntou ela, solícita.

Apesar do julgamento antecipado que eu sempre fiz sobre essas pessoas que se intitulam sortistas, videntes, cartomantes, achei aquela mulher simpática e gentil de um modo simples, sem afetação. Parecia ter uma energia boa.

Melissa, Tânia e Carla se entreolharam e me indicaram para entrar primeiro. Achavam que se me deixassem esperando, eu fugiria.

Tentei dissuadi-las, mas eram três votos a um. Entrei na sala apontada pela vidente com o coração aos pulos e o pulso acelerado. Tinha ficado nervosa. Era só o que faltava, pensei. Nervosa por uma bobagem!

Sentei-me na ponta da cadeira indicada, enquanto a mulher estendeu as mãos e segurou as minhas, dizendo:

— Não precisa ficar nervosa, minha querida. Não vou dizer nada que te assuste ou prejudique. Fique tranquila, está bem?

Assenti com a cabeça. Sentia-me como uma criança no gabinete do diretor da escola.

A vidente fechou os olhos, respirou fundo e disparou:

— Você veio de longe para esse lugar. Não queria vir, foi quase obrigada. Do que tem medo... como é mesmo o seu nome? Ah, Ana — repetiu a vidente — Era para você ter tido duas filhas. Você as teve?

Diante daquele afirmativa e, ao mesmo tempo, pergunta, levei um susto tão grande, que em vez de responder de imediato, pensei: será que Melissa e Carla falaram sobre mim pra ela?

— Ana, por favor, liberte sua mente de pensamentos negativos e seja receptiva. Ninguém me disse nada sobre você antes. Elas apenas marcaram quatro horários e nem foi comigo, mas com minha nora.

Com aquela afirmativa, devo ter ficado vermelha, pois senti o rosto queimar e respondi baixo:

— Me desculpe.

— Ana, eu vejo que você é uma pessoa espirituosa, inteligente, intelectual e cética. Não tem uma religião. Não tem pensado quase nada em Deus e no mundo espiritual, não é verdade? — Eu estava boquiaberta, sem palavras diante das verdades jogadas na minha cara por uma estranha. Ela continuou sem dó, mas com uma voz tranquila e suave: — As mulheres dentro de uma casa, Ana, têm uma função importantíssima. Mas a maioria delas não se dá conta disso e perde a oportunidade de desempenhar com brilhantismo seu papel na vida. O simples tempo dispensado ao preparo de uma refeição oferecida à família com carinho traz alegria, coesão, harmonia, desenvolve a gratidão. Sua vida afetiva está conturbada, não é verdade?

Naquelas alturas, todas as resistências e antagonismos que eu pudesse ter desapareceram diante das palavras daquela mulher simples. Tive vontade de chorar e me jogar nos braços dela. Mas, me contive, endireitei as costas e abaixei os olhos, com o coração aos pulos, surpreendida e assustada.

— Ana, você já deve ter ouvido que estamos todos de passagem rápida por essa roupagem terrena e que esquecemos dos projetos e planejamentos feitos antes de nascermos. E quando fugimos ou nos distanciamos muito desse projeto seja pelo egoísmo, orgulho, preguiça ou outros defeitos, ficamos doentes e as coisas começam a dar errado na vida. É o jeito que Deus acha de nos fazer procurar o eixo e o caminho certo, entende? Você tem uma missão sublime, Ana. Além de uma bela família que a ama muito, possui o dom especial da comunicação. Pode influenciar outras pessoas com o que diz; uma missão especial e com grande responsabilidade. E para fazê-la bem, deve estar consciente da importância da vida.

Eu ouvia aquelas palavras calada e cada vez mais atordoada. Como aquela mulher sabia que eu escrevia, que tinha marido e duas filhas e até que não gostava de cozinhar?!

— Quer fazer alguma pergunta, minha querida? Tem alguma dúvida?

Não, eu não tinha nenhuma pergunta, queria sair dali o mais rápido possível e me tornar invisível. Dei um sorriso sem graça, beijei o rosto da mulher e quando estava saindo, perguntei: — eu ainda não paguei — comentei titubeante e constrangida — Com quem devo acertar a consulta? — A mulher respondeu:

— Minha filha, o que vem de Deus não se deve cobrar. Mas aceito alguma contribuição, caso queira fazer, para uma creche carente que ajudo; tem uma caixinha ali fora. Obrigada e vá com Deus.

Toma mais uma, pensei, enquanto saía da sala, desnorteada.

Quando Melissa entrou para a "consulta", saí da casa para o quintal, depois de deixar minha contribuição na caixinha mencionada. Precisava de ar puro. Sentia-me sufocada e sem saber o que pensar. Tânia e Carla me acompanharam, curiosas:

— E então, o que achou? Gostou?

— Gente, essa mulher estava em transe, não é possível. Parecia que alguém que sabe de tudo da gente estava assoprando as coisas pra ela! — respondi.

— Sabe o que é, Ana? — Tânia apressou-se em explicar — Ela é médium das boas e quem fala com a gente, na verdade, é o guia espiritual dela ou, às vezes, o nosso próprio guia que aproveita e nos dá um recado através dela, entende?

— Cruzes, que medo! Se eu soubesse que a consulta era com um espírito nem tinha vindo. Mas, só pode ser isso mesmo. Não tem outra explicação. Carla, quando vocês vieram hoje pela manhã, com quem vocês marcaram a consulta?

— Com uma moça que nos atendeu. Acho que era filha ou nora. Ela não estava em casa de manhã.

— E essa moça anotou alguma coisa sobre cada uma de nós, fez alguma pergunta ? — eu quis saber, tentando achar outra explicação.

— Nada, Ana! A moça só perguntou o nosso primeiro nome e mais nada.

Quando voltamos para a pousada estava escurecendo. Tomamos um banho e saímos outra vez, agora para jantar. O assunto principal foi a ida na vidente.

Eu estava mais calada que nunca. Tinha a consciência e a convicção de que algo estranho tinha acontecido naquele pequeno gabinete da casa da vidente. Apesar de não me dedicar à religiosidade e até mesmo à espiritualidade, eu não era cega ou insensível a ponto de não acreditar no mundo espiritual e não reconhecer sua atuação em muitos setores da vida. Continuo achando que deve haver charlatanismo nesse meio, assim como em muitos setores ou profissões, mas aquela vidente só disse verdades. Sentia-me como o estudante acordado contra a vontade e chamado à razão pelo pai com um dedo no nariz. Estava envergonhada por reconhecer que tinha sido egoísta, egocêntrica, acomodada! E sabe Deus mais o quê por tanto tempo! Por que não percebi sozinha? Por que esperei alguém de fora e de longe me dizer aquelas coisas? Vergonha, vergonha, vergonha. Como se não bastasse a vergonha, ouvi uma outra voz me dizendo: "a vergonha é filha do orgulho". Pronto. Agora deve ser o meu anjo da guarda -se é que tenho um- me dizendo coisas, pensei.

No outro dia, domingo, após o café da manhã, demos uma caminhada pela praia e depois pegamos a estrada de volta ao Rio. Eu estava aflita, precisava voltar para casa. Parecia que estava longe há muito tempo. Avisei Laura e Julia que pegaria o primeiro voo na segunda-feira. Nem perguntei por Edu, dessa vez por vergonha, não por raiva ou despeito. E quando meu celular começou a chamar e vi que era minha mãe, levei um susto. Com a ida para Búzios, havia me esquecido completamente de falar com ela.

— Oi mãe, tudo bem? Como vocês estão? O pai está doente? Puxa vida, na correria me esqueci de ligar, me perdoe! Um derrame? Foi leve? Graças a Deus! Vou aí nos próximos dias, ok? Telefono antes, avisando, está bem? Tchau, beijo.

— Gente do céu! Eu estava tão atordoada que me esqueci de ligar para a minha mãe. Laura avisou que ela queria falar comigo. Simplesmente esqueci!

— É assim mesmo. Quando alguma coisa vai mal, parece que tudo desanda. É impressionante! — disparou Melissa.

Na segunda-feira cedo, despedi-me de Tânia e fui para o aeroporto Santos Dumont. Chegando em Curitiba, um táxi me levou até em casa. Alzira estava a postos, almoço preparado, casa arrumada.

Cumprimentei-a sem graça, perguntei pelas filhas, embora soubesse que deviam estar na faculdade. Quis perguntar por Eduardo, mas me contive. O orgulho e a vergonha eram maiores que a curiosidade. Pelo menos por enquanto. Acaso Julia e Laura demorassem muito a chegar e saciarem minha curiosidade, as coisas poderiam se inverter.

Tomei banho e aguardei o mais serenamente que consegui.

Telefonei à minha mãe e soube que o pai tinha piorado um pouco. Ficaria um dia a mais no hospital.

Tinha que acontecer justo agora? pensei, chateada. Agora, que estava numa encruzilhada de caminhos possíveis e não sabia qual deles seguir. Lembrei-me do que a vidente falou sobre egoísmo e responsablidades de uma mãe e fiquei envergonhada. Lembrei-me também de Silvia. Tinha-a abandonado por conta dos meus atropelos, que esperava fossem temporários. Precisava voltar a ela. Mas, como me dedicar à Silvia se a minha vida estava revirada? Precisava organizá-la primeiro.

Quando deu treze horas, Julia e Laura abriram a porta do apartamento com estardalhaço. Abraçamos-nos as três, como se um longo tempo tivesse passado e eu dei graças por não desandar no choro. A preocupação deve ter espantado as lágrimas.

Após responder às perguntas das meninas sobre a minha viagem, criei coragem e perguntei:

— Vocês sabem por que o pai resolveu viajar? Ele tinha me dito que não iria.

— Ah, mãe, ele deve ter ficado chateado com sua fuga e resolveu dar um tempo também — respondeu Julia, de imediato — Ah, a praticidade e contundência de Julia, sempre apontando a verdade dos fatos, quase me fizeram rir.

— Mãe, por que você não telefona pra ele e se entendem de uma vez? — perguntou Laura.

— Vou pensar, filha, pode deixar — respondi, enquanto passava a mão na cabeça de Laura e me levantava.

— Ah, só mais uma pergunta, meninas: vocês sabem quando o pai volta?

— Parece que a viagem vai durar umas duas semanas, mãe. Mas é melhor perguntar pra ele — disse Laura. Julia não respondeu, pois discava para o namorado e nem deve ter ouvido minha última pergunta.

No quarto, substituí as roupas da mala menor por outras limpas. Viajaria cedo no dia seguinte para a casa dos meus pais. Lembrei-me de Silvia. Eu estava abandonando-a outra vez, atropelada pelos acontecimentos das últimas semanas. Nada tinha escrito desde a briga com Eduardo. Precisava resolver minha confusão pessoal para conseguir voltar a ela. Em todo o caso, estava levando o notebook na viagem. Talvez conseguisse escrever durante a noite na casa dos pais.

Tinha a impressão de que era a primeira vez que as coisas estavam fora do meu controle. Ah, se eu pudesse ter previsto aquele desfecho, teria tido mais cuidado com as palavras, com as emoções, com os pensamentos e, talvez, evitado o rumo inusitado dos acontecimentos. Estava sem chão com o afastamento de Eduardo. Mas não podia criticá-lo, pois eu tinha sido a causadora de todo o transtorno. Vivia tão preocupada em manter minha rotina, com a caminhada diária pelas manhãs e a escrita depois, que não prestei a atenção nos sentimentos dele. Não percebi quanto o magoaria recusando ou desdenhando do seu convite de viagem. Não me preocupei em todos aqueles anos se o deixava chateado por não dispor de vontade e de tempo no preparo de um prato especial; não vi se o olhar de Eduardo alguma vez se crispou diante do meu pouco esforço para agradar a família. Pois ele se mostrava sempre animado e de bom humor e isso me bastava.

Mas, agora era tarde e lamentações não resolveriam nada. Eu precisava agir e desembaraçar os nós que tinha provocado. Primeiro passo: visitar meus pais e ajudá-los no que fosse possível.

Convidei Julia e Laura para viajarem comigo, mas era começo de semana e perderiam muitas aulas; recusaram o convite.

Na terça-feira cedo, aproveitando o horário em que as meninas se levantaram para a faculdade, me despedi delas, tomei um café rapidamente e quando minha ajudante Alzira chegou, eu estava de sáida com uma mala pequena de rodinhas, bolsa e a maleta do computador.

Minha cidade natal fica trezentos quilômetros ao sul da capital paranaense e a estrada também é dominada por caminhões, mas aquela estrada tem pistas duplas do início ao fim, o que faz toda a diferença. Diversos motivos faziam com que eu quisesse chegar o mais depressa possível à casa dos meus pais. E provavelmente, sem que eu me desse conta, naquele momento, o mais relevante deles fosse ainda causado por meu egoísmo, pois a maior pressa era ver que meu pai estava bem e eu ficasse liberada para me entender com Eduardo. Mesmo estando preocupada e saudosa dos meus velhos, especialmente do meu querido e silencioso pai, agora doente, o meu foco e maior aflição era o desentendimento com Eduardo.

Cheguei na cidade ao meio dia e corri à casa paterna. Desconhecia até aquele momento se meu pai tinha recebido alta do hospital ou ainda não. A casa estava silenciosa e fria, a porta da sala destrancada, fui entrando devagar. Um chiado de panela na cozinha me avisava de que havia alguém em casa. Lá estava a moça que os ajudava, preparando o almoço. Perguntei por eles, disse que deviam estar chegando. Era para meu pai sair do hospital naquela manhã. Telefonei de imediato à minha mãe. Ela disse aguardarem a chegada do médico para a liberação. Falei que estava indo buscá-los. Em menos de dez minutos cheguei ao hospital. Andei até o quarto 302 com o coração aos pulos. Nunca gostei de hospital e tinha entrado em um apenas para o nascimento das filhas. Parei por um instante na porta aberta, meu pai estava sentado na cama alta e minha mãe próxima a ele falando algo. O olhar silencioso dele sobre mim e a fragilidade do seu corpo magro, agora debilitado, me fizeram cair no choro que eu gostaria de ter evitado, mas não consegui.

Era provável que naquele choro estivessem contidas além da saudade e da preocupação, a culpa e o arrependimento por ter negligenciado a atenção a eles devida. A minha própria fragilidade emocional estava sendo exposta, naquele instante, até para mim mesma. Eu que nunca chorava, que nunca me preocupava com quase nada, que tinha a vida tranquila e funcional, agora estava vendo a estabilidade do meu mundo ruir. Primeiro pela separação do marido, mesmo que momentânea, e depois pela sáude precária do meu pai. Eu começava a sentir na prática o quanto a vida pode ser frágil e fugaz, o quanto temos que cuidar dela e dos relacionamentos com atenção, antes que eles deixem de existir.

Abracei os dois, pedi desculpas pelo choro, culpei a ansiedade e o cansaço da viagem. Meu pai não disse nada, mas algumas lágrimas escorreram dos olhos escuros e escavados. Já, minha mãe disse que não havia motivo para preocupações, que estava tudo bem e tudo certo, segundo os médicos o derrame tinha sido fraco e haveria poucas sequelas. A sua tagarelice me ajudou a recuperar o equilibrio, pelo menos naquele momento. Quando o médico assinou a liberação, levamos meu pai até o carro numa cadeira de rodas. Em casa, o ajudamos a se deitar e a almoçar. Ele pouco falou, mas não estranhei, pois sempre foi um homem de muita leitura e pouca conversa, sem deixar de ser afetuoso, no entanto. Ser gentil, educado e generoso fazia parte de sua natureza, por isso eu o amava e admirava muitíssimo. Meu pai tinha ancestralidade indígena Guarani, do Rio Grande do Sul, misturada com portuguesa. Era alto, magro, cabelos escuros, pele morena e uns olhos amendoados que nos fitavam com profundidade e doçura. Era do silêncio e do pensar. Já, minha mãe é da ação, da alta voltagem e resolução de todos os problemas. Vaidosa, cabelos bem cuidados, unhas pintadas, roupas elegantes.

Enquanto estive na casa deles, ajudei nas idas à farmácia e ao mercado, assim como a levantá-lo da cama e a caminhar até à sala ou à varanda dos fundos da casa, onde ele gostava de ver as árvores e os pássaros. Aproveitei para fazer-lhe companhia e conversar com ele como há tempos não fazia. Enquanto isso, minha mãe estava liberada para exercer seu comando sobre o que e como seriam as refeições, sobre o que e onde comprar determinado produto, bem como fiscalizar a arrumação da casa. O derrame não deixou sequelas graves que o impedissem de caminhar, falar e se alimentar, apenas faria isso tudo de forma mais lenta. E provavelmente não pudesse voltar a dirigir.

Mas, considerando que a vida no interior é mais fácil, todos se conhecem, os vizinhos se ajudam, os muros são baixinhos e os portões são destrancados, além da boa disposição da minha mãe, senti-me segura para voltar a Curitiba com menos peso na consciência.

Peguei a estrada de volta para casa na sexta-feira cedo. No caminho, entre as curvas, montanhas e mata, me dei conta de que apenas nove dias tinham se passado desde a briga com Eduardo e a minha viagem repentina. No entanto, eu tinha a sensação de que fazia muito tempo.

Cheguei em casa por volta do meio-dia. Alzira me esperava com o almoço pronto, o que foi reconfortante. Não fosse a presença e a presteza dela, eu encontraria o apartamento vazio e gelado e talvez quisesse chorar de pena de mim mesma. Conversei com ela, tomei banho, almocei e me joguei no sofá da sala. Precisava descansar da viagem e pensar no que fazer. Olhei para o celular. Nenhum telefonema perdido, nenhum sinal de fumaça da parte de Eduardo. Quis me aborrecer, mas me lembrei das palavras de alguém em Búzios. Endireitei o corpo e tentei deletar as emoções recentes.

E logo veio a auto crítica: "Pare de ser boba, você é quem viajou primeiro e sem avisar para onde. Você também não mandou nenhuma mensagem nem telefonou para ele. Não se faça de vítima!" Os pensamentos foram surgindo como plantinhas na relva molhada e me causaram uma certa euforia. Se acaso fosse dedicada à espiritualidade ou ao misticismo, diria que eram palavras do meu mentor. Fosse o mentor ou o Anjo da Guarda, como diziam minha mãe e o catolicismo, fosse meu próprio consciente, o fato é que um novo estado de espírito surgiu me fazendo pular do sofá e querer desfazer as malas e cantarolar. E foi assim que uma ideia brilhante surgiu. Naquele instante, ao menos, eu achei a ideia brilhante. Mas, para conseguir realizá-la, eu precisava correr. Dei alguns telefonemas e olhei as horas: quase duas da tarde.

Quando Laura e Julia chegaram, contei a elas a rotina dos avós, o restabelecimento e as atuais limitações do avô e a disposição da avó. As meninas riram satisfeitas. Amavam o velho e querido avô, que era tranquilo e intelectual e gostavam da inquietude e ligeireza da avó, que não se acomodava e estava sempre disposta a viajar, passear, fazer comida, assistir a um filme, jogar cartas. Por outro lado, sabiam que a avó gostava de controlar. Todos tinham que bailar sob sua batuta.

Mas não lhes contei, por ora, os novos e brilhantes planos. Antes, precisava ver a possibilidade de colocá-los em prática.

Troquei de roupa e dirigi até o complexo industrial, onde ficavam a fábrica e os escritórios do trabalho de Eduardo. Eu estava um pouco aflita pela pressa que me agitava o sangue e os neurônios. Após as burocracias de praxe para entrar no complexo, subi até o quinto andar do edifício da diretoria, onde uma secretária pediu que eu ficasse à vontade, apontando para uma das poltronas da sala de espera. Perguntou se eu queria água, chá ou café, enquanto ela interfonava ao chefe. Aguardei de pernas cruzadas. A ponta da bota preta de salto, da perna sobre a outra, chutava o ar com pressa e ansiedade. Peguei uma revista da mesa ao lado e a folheei sem prestar atenção.

Vi que a secretária me observava curiosa e fiquei um pouco constrangida. Estaria me achando arrogante, apressada, feia, bonita? Me conhecia pelos meus escritos, por ser esposa de Eduardo ou não me conhecia? Saberia o que eu estava fazendo ali? Como ela podia saber se nem eu mesma tinha certeza?

Após cinco minutos — que para mim pareceram uma hora inteira — a secretária pediu que a acompanhasse à sala do chefe, o qual me recebeu de pé, com as mãos estendidas, gentil e solícito, apontando a cadeira para que me sentasse. Perguntou como estava e o que me trazia ali. Fiz um breve relato do desencontro que tive com Eduardo nas últimas semanas, culpando meu trabalho e ocultando o desentendimento amoroso. Disse que gostaria de lhe fazer uma surpresa e precisava saber exatamente seu cronograma de viagem e estadia na Europa. E, para tanto, precisava muitíssimo da ajuda dele. Ele sorriu e chamou a secretária pelo interfone. Pediu que ela entrasse em contato com o departamento que cuidou da viagem de Eduardo e sua equipe. Alguns minutos depois, a secretária voltou me pedindo que eu fosse até um outro andar e falasse com determinada pessoa que me aguardava. Agradeci e reforcei a ideia de que minha ida ao encontro de Eduardo seria uma surpresa. Era um pedido velado para que o chefe ou a secretária não comentassem com ninguém da equipe de meu marido.

Saí de lá ansiosa e com pressa de chegar em casa. Tinha que comprar passagens e reservar hotel de última hora. Sabia que pagaria o dobro ou o triplo do valor normal, mas era por um bom motivo: reconquistar o marido, estabilizar meu casamento, ficar feliz de novo. Ver as filhas felizes também. Nada era mais importante do que isso.

Consegui passagem de ida à Lisboa para domingo à noite, saindo de São Paulo. Teria apenas o sábado para ficar com as meninas, voltar à Silvia e me organizar para a viagem.

Pouco mais de uma semana tinha se passado desde o meu desentendimento com Eduardo, mas a sensação era de que se passara um mês ou mais. Quanta coisa tinha acontecido desde então! Precisei quase perdê-lo para sentir sua falta, sair da acomodação e tomar uma atitude. Agora eu correria ao seu encontro antes que fosse tarde. Antes que o tempo, a distância e as mágoas nos separassem definitivamente. Eu sentia uma pressa, uma ansiedade e uma alegria desconhecidas Tive a impressão de ter feito na semana que passou uma peregrinação em busca de minha alma adormecida; de que a tinha reencontrado nos últimos dias e que agora precisava resgatar meu parceiro e velho amor do outro lado do oceano.

Enquanto eu arrumava as malas espalhadas pela cama, Julia e Laura se espremiam entre elas e, entre risos e cochichos, me observavam. Quis saber a razão, embora de fato soubesse. Disseram que eu parecia uma debutante se arrumando para o primeiro baile. E elas pareciam as amigas fofoqueiras, respondi, pois disparavam sugestões de encontros copiados dos filmes hollywoodianos. Rimos e eu disse que pensaria nas sugestões delas durante o voo.

Na sexta-feira à noite, Silvia fingia ver TV ao lado do pai, enquanto pensava em Jorge. Lembrava-se dos dois se olhando platonicamente nos intervalos de aula, no pátio do colégio; das conversas atrapalhadas na quadra de esportes e na cantina, do coração saltando cada vez que se encontravam. Mas a timidez de ambos, além dos olhares tutelares e proibitivos de Julio não deixaram o namoro avançar. Para os pais e o irmão, Silvia era uma menina sem permissão para namoro sério. Apenas quando ela passou no vestibular e se mudaria para a capital, eles conseguiram trocar alguns beijos nas duas últimas vezes em que se encontraram. Mas não houve promessas de reencontros nem de esperas. Naquele tempo não havia celulares, *smartphones,* internet, *WhatsApp,* nem mesmo computadores. Poucas casas tinham, no interior de décadas passadas, um telefone fixo. Silvia mudou-se para a capital e nunca mais se encontraram.

Se Jorge não a procurou o dia inteiro e ela ansiava por isso, por que não tomava a iniciativa e dava um sinal de vida? Por que não ligava para ele? Somente agora percebeu que nem tinha colocado seu número nos contatos do telefone. Procurava pelas chamadas dele com essa intenção quando a mãe a chamou para o jantar e ela levou um susto. "Que vergonha dos meus pais!", pensou Silvia, enquanto caminhava para a mesa.

— Filha, se as coisas não vão bem na capital, por que você não vem morar aqui em Campos Altos, perto da gente? Seria tão bom! Já pensou que maravilha seria, Alfredo? — disparou a mãe.

A proposta da mãe a pegou de surpresa, pois, apesar da situação, essa possibilidade não lhe tinha passado pela cabeça. Ela sorriu, sem saber o que dizer. O pai achou que precisava reforçar o convite da esposa e foi o que fez:

— Isso mesmo filha, pense nessa hipótese, pois a vida aqui é mais fácil. Você pode montar sua clínica de fisioterapia, acho que não tem nenhuma na cidade.

Ela respondeu que pensaria no assunto. Mas adiantou que a dificuldade maior seria deixar o filho para trás, pois achava que ele não aceitaria a mudança.

Após o jantar e os afazeres na cozinha, correu para o quarto, respirou fundo e com o coração acelerado discou o número de Jorge.

— Olá, tudo bem com você? — perguntou ela.

— Comigo tudo bem; e com você? Saiu correndo do carro ontem. Não entendi o porquê.

Ele não sabia por quê? Silvia achou que ele entenderia que ela estava confusa, que tinha ficado perturbada com tantas emoções intensas; que aquele beijo foi maravilhoso e a tirou de órbita. E que ela não sabia lidar com a sensação de se sentir querida por alguém estando casada com outro alguém. Achou simplesmente que ele sabia de tudo isso. E, agora, percebeu que para ele as coisas não eram óbvias se não fossem ditas claramente. Para ele e para todos os homens do planeta Terra, pelo jeito, pensou rindo.

— Vamos nos encontrar e te explico o que houve, pode ser? — propôs Silvia.

— Claro, pode ser agora? — foi a resposta de Jorge.

Ah, essa prontidão dos homens quando desejam uma mulher, pensou ela.

— Jorge, mas agora não está tarde? Você não tem que trabalhar amanhã cedo?

— Não, meu bem. Dou aulas à noite, mas estamos de férias. E o meu trabalho como agrônomo tem horário flexível. E amanhã é sábado, não teria aula nem trabalho, de qualquer maneira.

Diante da possibilidade de encontrar Jorge dali a pouco, seu coração acelerou, lhe faltou ar. Outra vez uma adolescente apaixonada! Mas, como explicar aos pais que sairia novamente com Jorge? A vergonha era proporcional à vontade de sair.

No fim, o bom senso foi mais forte e ela respondeu que preferia se encontrassem no dia seguinte, ao que ele respondeu "Ok, combinamos amanhã então. Durma bem. Um beijo."

No sábado cedo, Denise telefonou convidando-a para uma conversa em sua casa. Silvia tomou o café da manhã com calma, perguntou aos pais se eles sabiam o teor da conversa, eles responderam que não. Porém, Silvia percebeu que eles pareciam ocultar algo. Mas, como os pais não mentem para prejudicar um filho, ficou tranquila. Caso o fizessem, seria por um bom e justo motivo. Convidou-os a irem junto, sair um pouco, comprar algo no mercado. Recusaram. Estava muito frio e não faltava nada em casa. Após um ok e um tchau, ela saiu dirigindo sozinha por sua cidadezinha natal. Apesar do frio, fazia sol e estava um dia bonito.

Dirigiu devagar pelas ruas largas e quase desertas, olhando todas as construções, as lojas do comércio e as poucas pessoas que caminhavam. Será que não conhecia mais ninguém? Na frente da casa da irmã, estacionou facilmente. Quanta diferença com a cidade grande, onde encontrar uma vaga em qualquer lugar é uma raridade, pensou.

Após os cumprimentos afetuosos na irmã e no sobrinho, sentou-se na cadeira apontada por Denise, que falou sem rodeios:

— Tenho uma proposta maravilhosa para te fazer!

— Ah é? Hummm, o que será? — Silvia desconfiou de uma possível relação entre o convite da mãe e a proposta da irmã e falou:

— Então diga — Silvia cruzou as pernas e as mãos, apertando-as, enquanto olhava curiosa para a irmã mais nova.

— Você sabe que eu e Carlos pagamos o aluguel de duas salas de consultório aqui perto de casa mesmo, onde atendemos, né? Mas estou pensando em pegar um espaço maior e montar uma clínica, que tenha também outros profissionais como fisioterapeutas, psicólogos, médicos, etc. E então eu pensei que minha irmã fisioterapeuta experiente poderia se mudar para essa cidadezinha bonita onde ela nasceu e ser a sócia dessa clínica, o que acha?

— Puxa, acho que nem tem o dedo dos nossos pais nisso, não é verdade? — respondeu Silvia entre risonha e desconfiada.

— Não vou negar que tem sim. Mas a única coisa que me disseram é que tua vida conjugal não anda bem e que seria bom você voltar a morar aqui. Então, como eu vinha namorando a ideia da clínica, achei que a providência divina deu um empurrãozinho.

— Aqui não tem nenhum fisioterapeuta ainda?

— Por incrível que pareça, não tem. As pessoas que precisam muito de fisioterapia acabam indo para as cidades vizinhas e as que precisam pouco desistem.

Enquanto a irmã falava, Silvia visualizou o lugar espaçoso, com muitos aparelhos e ela correndo para lá e para cá atendendo as pessoas.

— Puxa, me pegou de surpresa dona Denise. Terei que pensar com calma e carinho, está bem?

— Então pense, mas com muito carinho. Pense que vai ficar perto de todos nós, que vai poder acompanhar nossos pais ficarem velhinhos, seus sobrinhos crescerem. Pense que podemos fazer churrasco e jogar baralho todo final de semana!

Silvia riu e respondeu: "Uau, isso eu não posso perder!"

Prometeu à Denise que responderia o mais breve possível, deu tchau e saiu. Resolveu não dizer à irmã, naquele momento, as dificuldades que uma mudança de cidade lhe trariam, especialmente com relação ao filho. Se Pedro não aceitava nem visitar a cidade dos avós, como aceitaria se mudar para lá definitivamente? E outra dificuldade seria a financeira; sabia que as sócias não teriam como bancar a compra de sua parte na sociedade, nem ela teria condições de montar uma nova clínica com pouco dinheiro. Mas, dificuldades não são impossibilidades, pensou.

Por ora, estava mais preocupada com o encontro com Jorge. Dentro do carro, ligou para ele. Dane-se ele saber que ela estava ansiosa, pois era verdade! Ela não tinha mais dezessete anos para sentir pudores de adolescente.

Combinaram de se encontrar mais tarde. Jorge disse que a buscaria na casa dos pais, mas ela disse não. Melhor que ninguém os vissem juntos outra vez.

Almoçou com os pais e os sobrinhos que passaram o dia na casa dos avós sem programação especial para o sábado.

Os pais ficaram exultantes com a proposta de Denise sobre a instalação da clínica, como se já estivesse tudo acertado. Silvia os preveniu de que não era assim tão fácil, pois além do filho tinha a questão financeira. Ela não quis acrescentar a essas dificudades o divórcio, a divisão de bens, os prováveis litígios.

Depois do almoço, os sobrinhos saíram para procurar os amigos, os pais de Silvia se retiraram para o descanso da tarde e ela foi para o quarto. Deitou-se de costas por sobre as cobertas, colocou uma das mãos sob a cabeça, fechou os olhos e começou a pensar nas reviravoltas de vida que se apresentaram a ela durante aquela viagem. Deviam ser positivas, já que a faziam sentir-se mais viva que nunca. E tão feliz como não se lembrava de ter estado antes.

Embora nada concreto tivesse ocorrido no campo afetivo, ela sentia as expectativas no ar e em todas as fibras do seu corpo. Sentia que podia confiar em Jorge e que ele não a estava querendo apenas como uma aventura. Mas, e se fosse algo passageiro, qual o problema? Fosse o que fosse, estava lhe fazendo bem e isso é o que lhe importava no momento. Não tinha mais a pretensão da perenidade dos sentimentos ou das relações.

Achava que de todas as pendências a serem resolvidas, caso resolvesse aceitar a proposta da irmã, a mais fácil seria o divórcio. Tinha certeza de que Raul não se oporia. Ele era um cara inteligente e racional. Não era crível que pensasse ser resgatável um casamento falido como o deles, recuperável um relacionamento morto e sem nenhuma faísca de afeto. A questão financeira seria mais complicada, mas não impossível de ser resolvida. Para montar uma clínica com todos os aparelhos necessários teria que gastar uma boa quantia. É claro que se Elaine e Patricia tivessem o dinheiro necessário para comprar sua parte na sociedade da clínica, seria mais fácil. Com certeza, a parte mais difícil e delicada da mudança que se vislumbrava tinha a ver com Pedro. Era óbvio que por mais que o filho se mostrasse impermeável ao que acontecia na casa, ele sofreria com a separação dos pais e com a mudança de cidade da mãe. O comportamento estranho do filho poderia ser uma carapaça que escondia dores ou traumas desconhecidos dos pais. Ou poderia ser apenas uma fase da adolescência que logo passaria. Ante esses pensamentos, debateu-se na cama, abriu os olhos, olhou as horas.

Quase duas. Fechou os olhos outra vez e e começou a rezar. Quase adormeceu com as mãos cruzadas sobre o peito e levou um susto quando o celular tocou. Era Jorge convidando-a ao seu encontro naquele instante. Ela se sentou na cama de imediato, esfregou os olhos e pensou que talvez à noite os irmãos aparecessem, o que dificultaria sua saída. Então, melhor sair agora e voltar antes da noite. "Combinado. Estou indo então", respondeu, após Jorge lhe passar o endereço. Tomou um banho rápido, se arrumou e disse aos pais que voltaria logo, torcendo para que não perguntassem onde iria. Não queria mentir nem tampouco admitir que estava indo ao encontro do antigo namorado. Sabia que os julgamentos viriam, inevitavelmente, mas gostaria de adiá-los ao máximo.

Levantei os braços, alongando-os por alguns segundos e olhei as horas. Quase meio dia de sábado. Eu e as meninas tínhamos combinado almoçar num restaurante novo, comida tailandesa. À tarde precisaria terminar as malas, ir ao salão dar um jeito nas unhas e nos cabelos. Há quanto tempo eu não cuidava deles?

Percebi que não conseguiria terminar Silvia. Telefonei ao meu editor e expliquei a situação. Ele percebeu que eu estava decidida e não havia outro jeito. Contrariado, concordou em esperar.

Passei o dia de domingo nos aeroportos Afonso Pena e Guarulhos e a noite voando por sobre o Atlântico. Cheguei em Lisboa às seis da manhã de segunda. Peguei um táxi até o hotel em que Eduardo estava ou deveria estar. O check-in seria apenas a partir das dez e meia. Até lá, eu estaria cansada da viagem, descabelada e com a roupa amassada. Não podia me encontrar com ele daquela forma. Tinha que me esconder até poder tomar um banho e ficar apresentável. Por outro lado, vai que ele toma o café da manhã antes do meu check-in, sai às ruas e a gente se desencontra?

De repente, ideias estranhas me deixaram confusa e preocupada: e se o visse de braços dados com outra mulher? E se ele estivesse de romance com uma das colegas que vieram junto? Era só o que me faltava! Aí sim seria um belo e merecido flagrante! Com esses pensamentos desconfiados, resolvi guardar as malas na recepção e usar um dos banheiros do saguão do hotel para lavar o rosto, escovar os dentes, trocar de blusa, ajeitar os cabelos. Em Lisboa, o calor era de fazer inveja ao sertão nordestino, mas dentro do hotel o ar condicionado deixava o ambiente agradável, quase frio. E se eu fosse agora ao quarto dele? Seria a melhor escolha, com certeza. Bateria na porta, o acordaria. Ele é que estaria com cara amarrotada. Ele é que seria surpreendido. Mas, e se ele não quisesse ser surpreendido assim? E se ele não estivesse sozinho? Novamente a desconfiança me deixou preocupada. Poderia telefonar e pedir que descesse. Mas, então não o pegaria no flagra. Daria tempo da "outra" se esconder. Melhor esperá-lo de tocaia. Ficaria escondida e à espreita como num romance policial. Queria ter a certeza de que ele estaria sozinho.

Ao lado do ambiente longo e espaçoso onde era servido o café da manhã do hotel, separada por um corredor, havia uma sala de espera com sofás, mesas de centro, revistas, televisão, e o mais importante: paredes de vidro de onde eu poderia colocar a minha bisbilhotice em prática sem ser percebida. Procurei uma posição estratégica e aguardei. Olhei o relógio de pulso e o celular. Eram oito e meia. Em casa, Eduardo costumava levantar por esse horário, ou um pouco mais tarde, mas nunca depois das nove meia.

Ah, como eu me sentia uma idiota! Podia ter marcado um encontro romântico na beira do Tejo, a duas quadras do hotel ou no alto do Arco do Triunfo, ali perto também Podia ter passeado tranquila pela Rua Augusta, observando os desenhos do calçamento, a rua pouco agitada naquele horário, mas não. Tinha que ficar sofrendo, desconfiada, à espreita, escondida, como uma ladra!

Lembrei-me de que nem tinha confirmado na recepção se Eduardo estava realmente hospedado naquele hotel. Vai que houve mudança de planos e de itinerário. Uma dor profunda no coração e na boca do estômago me incomodaram. Fui até à recepção, agora movimentada, aguardei dois casais serem atendidos e perguntei ao recepcionista.

Quase infartei com a resposta. Não havia nenhum hóspede com o nome do meu marido naquele hotel. Com o coração aos saltos, me afastei completamente desnorteada. De repente, todo o itinerário tinha mudado e Eduardo nem estava em Lisboa.

Agora, teria que pôr o orgulho e a desconfiança de lado e entrar em contato com ele. Teria que dar um passo a mais e perder o elemento surpresa. Sentei-me numa poltrona, próxima à recepção e olhei o celular. Eram nove horas.

Senti fome. Lembrei de que ainda não tinha comido nada. Fui outra vez à recepção e perguntei se por acaso poderia tomar o café da manhã antes de oficializar a entrada no hotel. Disseram que sim, apesar de não ser o convencional.

No salão onde era servido o café, pensei em pedir às filhas que descobrissem em que cidade e em que hotel o pai estava hospedado. Mas, me lembrei de que por conta do fuso horário, naquele momento era madrugada no Brasil. Não incomodaria as meninas.

Tomei o café da manhã tentando aparentar tranquilidade, apesar de estar borbulhando de aflição. Sabia que precisava manter a compostura, embora a minha vontade fosse de sair correndo, dar murros na parede e gritar bem alto. Eu tinha que retomar o controle da situação e encontrar Eduardo aonde quer que ele estivesse. Embora meu plano romântico tivesse começado mal, não significava que terminaria mal. Eu precisava acreditar naquilo.

Depois do café, olhei o relógio e vi que faltava mais de uma hora para o famigerado check-in. Para passar o tempo e acalmar a ansiedade, resolvi caminhar até à beira do Tejo, a duzentos metros do hotel. Quem sabe se lá, na beira das águas azuis, algum anjo bondoso se condoesse do meu desencontro e angústia e me mostrasse o que fazer e onde encontrar meu marido.

Sol forte, nenhum vento, nenhuma brisa soprava. Apesar disso, eu não sentia a pele do colo, ombros e braços queimar, apesar de estarem expostos. Usava uma calça larga e clara de tecido leve, uma blusa de seda com estampa floral e uma sandália baixa de tiras.

Percorri devagar a rua Augusta em direção à Praça do Comércio, às margens do Tejo. Lá, me sentei em um dos bancos claros de cimento e fiquei olhando o azul e a tranquilidade das águas do rio. Turistas perambulavam para lá e para cá, com máquinas fotográficas e celulares e quase tropeçavam nos meus pés. Aos poucos, senti que me acalmava e conseguia pensar que as coisas dariam certo no fim. Tinham que dar. Atravessei o Atlântico atrás do marido e do conserto do nosso casamento. Não seria possível um tamanho desencontro. Ou seria?

Repassei filtro solar no rosto, apoiei os braços abertos no banco, cruzei as pernas, fechei os olhos e joguei a cabeça para trás e tentei não pensar em nada.

Depois de quinze minutos, olhei o celular. Nenhuma mensagem de Edu, nem das filhas, nem de minha mãe. Nada. Procurei nos arquivos de fotos do celular a imagem dele e senti um aperto. Resolvi mandar-lhe uma mensagem. Poderia escrever uma carta, mas coloquei apenas: "Edu, aonde você está agora? estou com saudades. Precisamos conversar. Me perdoa? Te amo" e enviei. Pronto. Agora, era só esperar a resposta. Isso, se ele visse a minha mensagem.

Com a pulsação acelerada pela ansiedade e com medo das possíveis respostas, não consegui mais esperar. Caminhei em direção ao calçadão da Rua Augusta, onde ficava o hotel. O tempo parecia ter parado, pois a hora de entrada no hotel não chegava nunca.

Perambulei pela rua onde alguns cafés, restaurantes e pequenas lojas de souvenirs começavam a abrir. Aproveitei para escolher lembrancinhas para Julia, Laura, Alzira e meus pais. Mais uma olhada no relógio e agora sim, finalmente poderia entrar no hotel, tomar um banho e procurar por Edu. Ou voltar para casa sozinha.

Na recepção, o moço que me atendeu há uma hora e meia, me procurou com os olhos e disse: "Senhora, aquele hóspede por quem perguntou anteriormente acabou de subir. Quarto 502."

Tive que me conter para não pular por sobre o balcão e dar um abraço no moço. Apenas sorri e agradeci. Peguei meu cartão-chave, as malas e corri para o elevador. Com o coração acelerado, subi até o sexto andar, quarto 610. Entrei, acendi as luzes, visualizei a cama de casal espaçosa, quarto grande e arejado, com poucos e modernos móveis e sorri satisfeita. Tomaria um banho antes de procurar Eduardo. Lembrei-me de olhar se ele tinha visto e respondido minha mensagem. De forma apressada, peguei o celular de dentro da bolsa, enquanto largava as malas pelo chão do quarto. Nenhuma resposta.

Na saída do banho, coloquei um vestido leve, uma sandália baixa e novamente olhei o celular. Finalmente uma resposta no correio eletrônico: "olá Anna, tudo bem? Eu acabei de chegar no hotel em Lisboa e volto pra casa no sábado. Então a gente conversa, ok? tchau". Nossa, quanta frieza, pensei, chateada. Eu teria que quebrar aquele gelo na marra, na força bruta. Percebi que Eduardo não tinha se dado conta de que eu estava no mesmo fuso horário que ele. Se tivesse prestado atenção no horário da mensagem, desconfiaria. Mas, a virginiana observadora e detalhista era eu, não ele.

E então, finalmente, era chegada a hora do encontro. Ou do confronto, eu não sabia como seria sua reação ao me ver. Respirei fundo algumas vezes e fiz o sinal da cruz — talvez pela primeira vez fora de situações oficialmente religiosas —, peguei o celular, a bolsa e saí. Caminhei pelo longo corredor e desci o lance de escadas até o andar de baixo. Em frente ao quarto 502, parei e respirei fundo outra vez. Estava insegura e um pouco nervosa.

Não sabia se a raiva e o desconforto demonstrados por Eduardo, há dez dias, durante nossa discussão, tinham diminuído ou se mantido acesos. Achava que meus sentimentos tinham amadurecido um pouco, mas não fazia ideia do que se passava com os dele, após a discussão e a viagem de ambos.

Mas agora não tinha jeito. Precisava enfrentar a insegurança e reconquistar a confiança e o amor do marido. Não era por isso que eu tinha ido?

Bati de leve na porta do quarto e esperei. Dez segundos depois bati novamente, desta vez mais forte. Um barulho e uma voz: "um minuto por favor". Quando ele abriu a porta, com os cabelos molhados e sem camisa, eu me sentia trêmula e pálida. Ele me olhou assustado, parecendo não acreditar no que via. Mexeu a cabeça e riu, dizendo: "Ana?!".

Eu vi naqueles olhos claros um mundo de emoções, de saudades, de mares azuis, águas transparentes. Vi abraços, carinhos e beijos. Não vi mágoas, rancores ou rejeição.

— Posso entrar? — perguntei, enquanto ele escancarava a porta para eu passar.

— É claro. Mas, agora me conte, aconteceu alguma coisa? Está tudo bem? O que faz aqui?

— Vim te buscar, ora bolas. Quero meu marido de volta, meu casamento de volta — respondi mais segura e confiante, após perceber sua reação positiva à minha chegada.

— Como descobriu a cidade e o hotel? — Eduardo perguntou com ar de riso e desconfiança.

— Fui na tua empresa e me deram o itinerário — respondi, recostada no balcão, onde estavam a mala e a bolsa com o computador.

Ele estava parado a um metro de distância, com os braços estendidos ao longo do corpo, ainda segurando a tolha e agora rindo com vontade, mexendo a cabeça para um e outro lado, como a dizer que lhe era difícil acreditar no que via. Sua mulher chorosa e fujona, que não queria viajar, tinha atravessado o Atlântico sozinha atrás dele.

Nos minutos seguintes, ele jogou a toalha molhada sobre uma cadeira e voou para cima de mim, me abraçando e beijando com avidez. Fazia muito tempo que não nos víamos assim. Apenas dez ou onze dias, mas como demoraram a passar aqueles dias! Como foi longo aquele período de amargor, de distâncias, de silêncios e desencontros.

Não sei dizer por quantas horas ficamos naquele quarto. Apenas quando bateu a fome nos lembramos que em terras lusitanas os frutos do mar, os doces, os pães e os vinhos são maravilhosos, abundantes e com preço bom. E era reconfortante estar no Velho Continente e poder falar o português naturalmente. Estávamos, afinal, na terra dos nossos avós, bisavós, tetravós e quase podíamos nos sentir em casa.

Enquanto mudávamos as malas para um dos quartos, fizemos uma foto abraçados trocando um beijo e mandamos por e-mail para as filhas. Assim, elas entenderiam que tudo tinha terminado bem e nos esperariam de braços abertos, fosse no próximo sábado ou quinze dias depois, caso resolvêssemos esticar por Paris, Zagreb, Istambul e Veneza.

Aquela viagem foi melhor que uma lua de mel, porque transitávamos, então, em terrenos bem conhecidos. Tínhamos descoberto a falta que um fazia na vida do outro e o quanto um se importava e gostava do outro. E também aprendido que as rusgas e desgastes do cotidiano são os ventos desfavoráveis que não impedem a embarcação de chegar ao destino.

Nos dias seguintes a minha chegada em Lisboa, tomávamos o café da manhã juntos na maioria dos dias e depois que Eduardo saía para os compromissos de trabalho, eu fazia aquilo que minha vontade determinasse no momento. Algumas vezes, subia ao quarto e voltava à Silvia e em outras, andava pela cidade, olhava lojas, conhecia pontos turísticos. Gostava de me sentar em algum lugar qualquer e apenas observar o movimento e as pessoas circulando. Experimentava sorvetes e doces diferentes. Nas noites, saíamos por bairros e restaurantes desconhecidos, ouvíamos o famoso fado, tomávamos muito vinho português e voltávamos ao hotel leves e tontos.

Eu e Eduardo viajamos por mais duas semanas após o término do seu trabalho em Portugal. Fizemos um roteiro dos países e lugares que gostaríamos de conhecer ou revisitar, reservamos alguns hotéis nas cidades maiores, alugamos um carro e saímos sem preocupação com horários e hospedagens. A ideia era parar nos vilarejos e cidadezinhas que gostássemos e ficar por um dia ou uma noite e seguir em frente. Visitamos vinícolas, dormimos em alguns castelos medievais transformados em hotéis, passeamos de barco em muitas cidades, experimentamos delícias na culinária, na vinicultura, nas paisagens. Enfim, foram as férias que Eduardo tanto queria e que eu tanto precisava, embora não me desse conta.

Silvia colocou o endereço de Jorge no GPS do carro e deu a partida com o coração aos saltos. Então aquilo era o amor? Apenas paixão? Ou somente empolgação e carência afetiva? Não importava o nome do que estava sentindo. O importante é que era bom e ela queria continuar sentindo.

O dia estava nublado e frio, mas para ela o sol brilhava, as ruas estavam coloridas e via flores em toda parte. Atravessou a cidade em menos de dez minutos. Jorge morava num bairro afastado do centro da cidade, quase numa chácara, sem vizinhos próximos. Silvia estacionou e antes de descer do carro e ter a certeza de que estava no lugar certo, observou o terreno espaçoso, com muitas árvores e plantas que não conseguiu identificar imediatamente. Reconheceu apenas as azaleias, as camélias e as cerejeiras que estavam floridas e se espalhavam pelo terreno. A casa, bonita e sóbria, ficava nos fundos e mal era vista da rua. Em frente ao grande portão de grades, Silvia aguardou um instante procurando movimento na casa e antes que encontrasse a campainha, Jorge apareceu e abriu o portão. Ah, se fosse um bonito dia de sol e calor, ela ficaria ali fora apreciando o jardim e as plantas. Mas com o ar frio e úmido, cumprimentaram-se e entraram sem demora para a sala aconchegante, espaçosa e aquecida pela lareira. Ela reparou primeiro nos dois sofás de chinile marrom distribuídos em ângulo de 90 graus e assentados sobre um grande tapete de tear na cor pastel. Percebeu que Jorge estava ansioso. Perguntou se ela queria conhecer a casa antes de sentar ou se queria ir para a mesa arrumada, numa outra sala, com diversas guloseimas.

Silvia disse que ficasse tranquilo, ela não estava com fome, pelo menos por enquanto. Ao invés de sentar, ela caminhou pela sala observando as telas nas paredes e os objetos de decoração. Eram poucos, mas bonitos e elegantes. Numa das paredes, uma pequena biblioteca, alguns retratos antigos. Um ambiente aconchegante e bem masculino, pensou. Nenhum porta-retrato de mulher nem de criança, nem vaso com flores ou coisas assim. Enquanto ela observava os quadros, ele se abaixou e colocou mais lenha na lareira. Quando achou que o fogo estava forte, levantou-se satisfeito e olhou para Silvia que estava ao seu lado, observando as labaredas.

— Está com muito frio? — Perguntou segurando as mãos dela.

— Não, estou bem. Jorge, sua casa é linda, sabia? Parabéns!

— Obrigado querida. Puxa, desculpa o mau jeito, vou lavar as mãos e já volto — disse ele, olhando para as mãos sujas de lenha e fuligem.

Silvia acomodou-se num dos sofás e observou a imensa tela de TV e os aparelhos de som na parede em frente.

Na volta, Jorge fez um sinal para que ela o acompanhasse até a sala ao lado, onde uma mesa com pães, tortas, geleias, queijos e salames os aguardavam.

— Olha só, quando você quiser podemos comer, ok?

— Daqui a pouco, então. Tenho a impressão de que acabei de almoçar. A não ser que você esteja com fome, está?

— Não, não. Almocei na cidade e logo em seguida passei na panificadora e comprei estas misturas.

De volta à sala de estar, se sentaram no sofá maior. Jorge, de frente para ela, perguntou:

— Não entendi por quê você saiu correndo do carro naquela noite...

Silvia olhou pra ele por um bom tempo antes de responder, abaixando a cabeça.

— Jorge, fazia vinte anos que a gente não se via. E faz quase quinze anos que estou casada com outra pessoa e nunca passou pela minha cabeça traí-lo. Reencontrar você e aquele beijo mexeram muito comigo, me tiraram do eixo, entende? Eu sei que foi uma reação de adolescente, mas foi sem pensar.

— E agora, como está se sentindo com relação ao que houve?

— Muito feliz por ter te encontrado. E sentindo uma coisa estranha e forte aqui — Silvia respondeu apontando o próprio peito — Sei lá o que é isso! E você?

— Eu fiquei imensamente feliz de te encontrar. Quando te vi no restaurante, na quarta-feira, quase não acreditei. Quantas vezes quis saber de você e ficava sem jeito de perguntar pro Julio ou pra Leticia. No restaurante, tive que criar coragem, tinha medo que você me dispensasse com frieza. Além do que, acho que teu irmão não vai muito com minha cara. E quanto ao beijo, foi a melhor coisa que me aconteceu nos últimos anos!

Silvia riu e abaixou a cabeça ruborizada com o último comentário. Para disfarçar, disse rindo:

— O Julio não vai com tua cara? Não estou sabendo disso. Acho que não é sério, vou investigar!

— Quer ver um filme, ouvir um som? Tomar um drink ou um vinho, que tal?

— Eu não quero beber nada agora. Mas, se você quiser, fique à vontade. Não quer me contar sobre sua vida? Lembra?

— Ah, você não se esqueceu! O que quer saber?

— Desde que fui embora, nunca mais nos falamos, não sei nada desde então. Conte o que achar importante, o casamento e a separação, por exemplo.

— Hum, hum. O casamento...ela dava aula de inglês para o curso de Letras na cidade vizinha, gostava de viajar pelo mundo. Nos conhecemos, nos apaixonamos e casamos rapidamente. Depois de dois anos, ela engravidou e eu fui o homem mais feliz do mundo. Mas a gravidez foi problemática e ela precisou interromper o trabalho e ficar de repouso absoluto por boa parte da gestação. E isso minou nosso relacionamento. Ela ficou chata, quase insuportável. Era uma mulher dinâmica, hiperativa. E, de repente, não podia fazer quase nada. Acho que ela me cobrava. Me culpava por isso, não sei. O bebê nasceu prematuro. Ficou um mês na UTI. Acabou não resistindo. Ela estava fraca, só chorava. E eu estava atormentado e perdido.

— Jorge, não precisa me dizer mais nada, me desculpa por fazer você falar sobre isso — disse ela sem graça, enquanto passava a mão direita sobre as mãos dele.

—Tem certeza? Realmente, essa parte da minha vida é triste e deixou marcas.

—Muitas namoradas depois? — Perguntou ela com a intenção de descontraí-lo — Ele riu meio sem graça, baixando um pouco a cabeça.

— Não, só algumas. Mas nenhuma que mexesse comigo, que me fizesse querer outro casamento — As mãos deles agora estavam entrelaçadas e os rostos bem próximos.

— E as alunas não se apaixonam facilmente por você?

— Não, acho que não, nunca reparei. Tem mais marmanjo por lá.

Jorge se levantou e ligou o som. Uma música romântica encheu a sala aquecida. Ele chegou perto de Silvia, estendeu as mãos, chamando-a para a dança. Ela tirou o casaco e se levantou devagar.

Sob o embalo da música, em poucos minutos ela estava aninhada nos braços dele como se tivesse dezessete anos e o tempo não tivesse passado. Jorge passava as mãos pelas costas dela e beijava seus cabelos carinhosamente. No minuto seguinte suas bocas se encontraram num beijo apaixonado.

Ela não resistiu quando ele, ainda a beijando, carregou-a até o quarto.

Mais tarde, ainda abraçados, Silvia falou sobre a proposta da irmã e a possibilidade dela morar na cidade. Ele disse que seria a melhor coisa que poderia acontecer na vida dele agora.

Silvia olhou o relógio e levou um susto. Já passava das dezessete horas. Ah, se não fosse a vergonha dos pais e dos irmãos, ficaria aninhada nos braços de Jorge até o outro dia. Levantaram-se. Agora, com fome, se lembraram da mesa arrumada e correram até ela. Jorge esquentou o leite e passou um café, enquanto Silvia preparou dois mistos quentes.

Comiam, riam e olhavam-se como dois apaixonados que perderam muito tempo na vida.

Após muitos beijos de despedida, prometeram se encontrar no dia seguinte, domingo.

Na casa dos pais, Silvia precisou disfarçar sua felicidade. Tinha vergonha por ter chegado há poucos dias chorosa e acabrunhada e, agora, aparecer esfuziante como uma jovem apaixonada. Esforçou-se para conversar o mais naturalmente possível, como se nada demais tivesse acontecido. Soube que os irmãos jantariam lá. Por isso, a mãe preparava uma caçarola de sopa de agnolini com frango caipira. Tinha feito pães e agora assava um pernil para acompanhar a sopa. Os cheiros da casa lembravam o Natal e Silvia reviveu a mesma alegria da menina nas horas que antecediam a ceia e a chegada do Papai Noel. Era assim que se sentia agora. Num ambiente festivo, acolhedor, com cheiros de ceia, pães caseiros e bolos, com a alma em festa, aguardando a chegada de alguém querido.

Depois que arrumou a mesa e ajudou a mãe nos últimos preparativos, encheu uma taça de vinho e sentou perto do pai em frente à lareira da sala.

— E aí minha filha, você acha que tem alguma possibilidade de vir morar aqui? — perguntou ele, ansioso.

— Possibilidade tem sim, pai. Mesmo que não seja de imediato, mesmo que demore um pouquinho, acho que eu consigo. Vou ter que enfrentar as dificuldades práticas da mudança, como vender minha parte na clínica, conseguir o dinheiro necessário para investir aqui e as dificuldades emocionais, que pra mim são as mais difíceis: o divórcio e Pedro. Dois complicadinhos esses, viu meu pai? Raul é um rabujento que mal fala comigo e Pedro não sai da frente do computador e também mal me responde. Não quis vir comigo nesta viagem. Não sei como será com um divórcio.

— Puxa vida, minha filha, que pena isso! Se Pedrinho gostasse daqui seria tão bom. Teria a companhia dos primos. Tanta coisa pra fazer por aqui que os meninos nem ficam na frente de computador.

— Vou chegar em casa na segunda-feira e começar a articular tudo isso. Conversar com as minhas sócias, tentar conversar com Raul. Deixar a conversa com Pedro por último, pra ele não sofrer antes da hora.

— Eu e tua mãe vamos rezar pra tudo dar certo.

A noite transcorreu alegre e festiva, com os irmãos, cunhados e sobrinhos reunidos em torno da mesa farta e animada.

Silvia aproveitou a ocasião para falar sobre a proposta da irmã e sua decisão de aceitá-la. Todos ficaram entusiasmados e brindaram. A cunhada Patrícia, como psicóloga, também faria parte da equipe.

No domingo pela manhã, ela acompanhou os pais à missa na igreja matriz e depois fez questão de levá-los almoçar fora. Foi difícil convencer a mãe, tão acostumada à sua velha cozinha. Mas, ante a insistência da filha, aceitou o convite e acabou gostando. Mais tarde, Silvia ouviu-a dizendo ao marido como estavam boas a comida e as sobremesas do restaurante.

A tarde de domingo, Silvia passou com Jorge. As horas passaram rápidas como costumam ser os momentos felizes. Jorge disse que tinha esperado por ela há tanto tempo, não custava esperar mais um pouco.

Ele se prontificou a acompanhá-la na viagem de volta à capital, dirigindo o carro e voltando de ônibus no outro dia. Usufruir por mais tempo a companhia do seu amor e não ter que enfrentar sozinha a estrada difícil seria uma solução tentadora e ideal. Mas, procurando ser mais determinada e independente, disse não. Com muita vontade de dizer sim, conseguiu dizer não. Pretendia não depender mais de homem algum. Ela veio sozinha, teria que retornar sozinha.

Na segunda-feira cedo, ela despediu-se dos pais e pegou a estrada de volta para casa. Prometeu a eles que voltaria em breve, o que os deixou alegres e esperançosos.

Ah, a chegada em casa, como seria? Como estariam os humores do marido? Onde encontraria a coragem necessária e as palavras certas para ele e especialmente para o filho? Divórcio, mudança de cidade, venda da sociedade na clínica, repartição de bens. Como Pedro reagiria a essas novidades? Silvia sentiu um arrepio no corpo que virou dor e foi subindo da região do umbigo até a garganta. Então percebeu a cilada que seus temores e pensamentos estavam preparando. Se continuasse assim, teria uma crise de ansiedade ou de pânico que impediria dirigisse corretamente. Começou a respirar fundo o mais lentamente possível. Fez esse exercício várias vezes até se sentir melhor e mais calma. Lembrou-se de rezar pedindo equilíbrio e bem estar, orientação e discernimento, coragem e as palavras certas. Pediu também que o marido e o filho aceitassem as novidades sem a escorraçarem da casa como se ela fosse uma megera.

E assim conseguiu dirigir de volta a Curitiba, ouvindo música suave e sentindo, às vezes, o descompasso do coração quando pensava nas reviravoltas e novas expectativas de sua vida. Naquela viagem de volta, a ansiedade e o medo se misturavam à euforia, esperança e alegria.

Chegou em casa no final da tarde de segunda-feira. Pedro estava sozinho, Salete tinha acabado de sair. O filho a recebeu melhor que na despedida, há pouco mais de uma semana.

“É hoje!” pensou ela. Em poucas horas, assim que o marido chegasse em casa, pediria o divórcio e no dia seguinte conversaria com as sócias. Tinha pressa em resolver tudo e seguir adiante. Tinha perdido muito tempo.

Raul chegou às dezenove horas, a cumprimentou friamente, jogou a chave do carro sobre a mesa da sala de jantar, tirou o casaco e o colocou sobre o espaldar de uma das cadeiras. Com um olhar de soslaio perguntou se foi tudo bem na viagem. Silvia percebeu o esforço que ele fazia para falar com ela, que o respondeu com um movimento da cabeça e disse:

— Raul, precisamos conversar com calma. Quando puder, me avise.

— Meu Deus do céu, você acabou de chegar de viagem e já quer brigar? — ele falou alto e com raiva.

— Eu não quero brigar, só precisamos conversar! — Silvia respondeu, querendo manter a calma, apesar da voz indignada.

Ele não disse nada e saiu em direção a um dos banheiros. Ela percebeu que não seria fácil. Por que era tão difícil conversar com aquele homem, se perguntava, inquieta. Seria o ego dele tão grande que não admitia contrapontos, discordâncias? Estaria apaixonado por outra pessoa e não queria estar? Estaria com raiva de Silvia exatamente por quê? Ela não sabia e por mais que vasculhasse memórias novas e antigas do cotidiano dos dois, não encontrava justificativas plausíveis. Perguntava-se qual o tamanho da culpa que lhe cabia na escaramuça que se havia criado entre os dois. Sim, ela não podia ser totalmente inocente. Alguma coisa ou muitas ela devia ter feito de errado para que fosse tratada daquela forma. Pelo menos era a sensação que ele lhe passava.

Na situação de confronto com o marido e na criação de um ambiente pesado e insalubre na casa, ela sentia pena do filho, que devia escutar a discussão dos dois e se encolher num canto do quarto, tentando não ouvir e não ser atingido pela negatividade do lugar. Pena e culpa. Era tudo o que sentia. Nem raiva, nem mais esperança pela vida nova.

No quarto, ela sentou na cama com as pernas encolhidas, puxou uma coberta quente e ficou quieta. Tinha que ter a coragem necessária, encontrar as palavras adequadas, descobrir o momento certo para falar com Raul, sem machucar o filho, sem que ele presenciasse mais discussões. Especialmente a discussão definitiva sobre o fim do casamento.

Existiriam palavras e momentos certos para terminar um casamento de quinze anos?

Na quietude do quarto, talvez Silvia tenha ouvido seu anjo guardião, mentor ou guia lhe soprado que seria melhor conversar com o marido fora de casa, num lugar onde ele não pudesse gritar com ela ou ignorá-la. Num lugar onde o filho não presenciasse a conversa pesada. Num restaurante, num bar, num shopping center? Onde? Ela tinha pavor de que pessoas estranhas pudessem ouvir uma discussão dela com Raul ou com quem quer que fosse. E tinha a certeza de que ele não a pouparia de vexames públicos, como falas baixas e suaves que não pudessem ser ouvidas pelas mesas vizinhas. Não, não poderia ser em restaurantes ou lugares equivalentes.

Naquela noite, Raul não veio dormir no quarto do casal nem a procurou para nenhuma conversa.

Até quarta-feira ela estaria de férias. Aproveitou a terça para mimar o filho. Pela manhã, ovos mexidos, misto quente, torradas e geleias. À tarde, fez bolo de chocolate com cobertura cremosa e chocolate quente. Perguntou o que ele gostaria de comer no jantar. Macarronada com almôndegas.

Na quarta-feira, convidou-o para um passeio e ficou exultante porque ele aceitou. Foram à feira de inverno da Praça Osório, compraram alguns doces, um sanduíche de pernil para cada um, dois pedaços de bolo de milho, dois acarajés e voltaram para casa.

Na quinta-feira foi trabalhar normalmente, desta vez dirigindo e não mais de carona ou de táxi como nos meses anteriores. Abraçou as colegas e estagiárias que já haviam chegado, disse a elas que no intervalo para almoço precisavam conversar com calma.

Elaine e Patricia se espantaram com a notícia da separação do casamento e da sociedade; seguraram as mãos de Silvia e deram-lhe o apoio esperado quanto ao fim do casamento e à mudança de cidade. Quanto à compra da parte dela na sociedade, ficaram de ver valores e possibilidades.

Às dezessete horas, ela caminhou até o prédio de Raul. Tinha a sensação de que pesava trezentos quilos, diante da dificuldade de caminhar. Uma pressão no peito parecia que lhe travaria a voz quando precisasse dela. Chegando lá, discou o número do escritório do marido. Ele atendeu sem suspeitar que fosse a esposa. Um alô forte, uma voz grave. Ela pediu que ele descesse até à garagem. Ele respondeu: "agora?!" "Sim, sem demora, por favor!", conseguiu dizer, com raiva.

Espantou-se com a falta de oposição dele, que se resignou a um "ok, estou indo.".

Ele chegou carregando pastas, o casaco e as chaves do carro. Sairia mais cedo do trabalho, ao que parecia.

— O que quer Silvia? — disse ele, enquanto jogava as pastas e o paletó no banco de trás do carro.

— Quero o divórcio, Raul. Só isso. E o mais breve possível, sem enrolação, por favor.

Ele olhou-a espantado e forçou um riso sarcástico, com os lábios finos apertados.

— Entre no carro pra não ficarmos discutindo aqui fora — disse ele.

— Não precisamos discutir, só quero que você aceite e a gente resolva isso sem brigas, pode ser? — ela respondeu, enquanto entrava no carro.

— O que houve nessa viagenzinha, hein? Não vai me contar?

— Não, não tenho nada pra te contar. Nosso casamento já era, você sabe muito bem disso. Vou morar em Campos Altos, perto de minha família. E Pedro vai comigo.

— Ah é?! E ele já sabe disso? — disse Raul desdenhosamente.

— Ainda não conversei com ele sobre isso. Queria primeiro falar com você.

Raul não disse nada. Olhou para a frente enquanto batia com os dedos no volante do carro e pensava sabe-se lá o quê.

— E então Raul, você concorda numa boa ou vamos pro litigioso?

— Vou pensar. Agora sai daqui!

Silvia não disse nada e saiu caminhando até onde estava seu carro, nas proximidades da clínica. A raiva dele quando a mandou sair do carro eram agulhas que lhe espetavam a pele.

Dirigiu até o condomínio como um autômato. A cabeça rodava, ainda podia sentir as agulhas lhe machucando. E agora viria a parte mais difícil: falar com o filho. Como ele reagiria? Como o pai ou pior ainda?

Resolveu que a conversa com Pedro esperaria um pouco mais. Ela precisava estar bem. Ainda não era a hora.

Nos dias seguintes à conversa com Raul sobre o divórcio, ele chegava em casa tarde da noite, dormia no quarto de hóspedes e não conversou com Silvia sobre coisa alguma. Ela decidiu que não se importaria mais com ele, com divisão de bens, com assinatura do divórcio, com nada disso. Daquela casa, só levaria os pertences dela e do filho, nada mais. Ah, o filho. Esse era o seu bem mais precioso e o único que lhe interessava carregar vida afora. Como seria mais fácil se ele fosse acessível, se quisesse segui-la, se gostasse dela, um pouco ao menos. Sabia que estava sentindo pena de si mesma e não queria seguir essa trilha. Afastou esses pensamentos, respirou fundo, rezou pedindo o auxílio divino. Pediu que o filho a quisesse como mãe. Só isso. Nada mais era importante num divórcio. Raul que ficasse com a casa, com todo o mobiliário ostensivo dela, com as aplicações bancárias às quais ela nunca teve acesso, mas sabia que eram vultosas. Se a rejeição dele ao divórcio era medo de repartir com ela esse conjunto de bens, ela explicitaria com atitudes e não mais com palavras que era uma preocupação inútil. Talvez o ajudasse a liberá-la.

Ela sabia que em Campos Altos os preços dos imóveis eram inferiores a Curitiba e, então, mesmo que demorasse a vender sua parte na clínica, conseguiria retomar o trabalho como fisioterapeuta, além de estar próxima dos familiares e de Jorge. Tudo daria certo. Ela precisava se agarrar a essa esperança para conseguir falar com o filho sobre as mudanças.

Foi no domingo pela manhã que ela criou a coragem necessária, após vê-lo aparecer na cozinha e preparar seu leite com chocolate em pó.

Sentada à mesa, acabando de digitar uma mensagem a Jorge, olhou para o filho e disse:

— Oi filho, podemos conversar um assunto bem sério agora?

— Sobre o que, mãe? — perguntou e sentou-se em frente a ela.

— Filho, você percebeu como eu e o seu pai não nos damos bem, não percebeu? A gente nunca conversa sobre nada, não sai pra lugar algum juntos. Um não participa mais da vida do outro, entende?

— E daí? — continuou tomando o leite, mas os olhos arregalaram e parecia ter dificuldade em ouvir.

— E daí, filho, que isso não é saudável num casamento. Nem pra nós dois, muito menos pra você.

Pedro não disse nada, deu de ombros, baixou os olhos e continuou tomando o leite.

— Então filho, eu decidi que o melhor pra todos nós é eu e você irmos morar em Campos Altos, a vida lá é uma delícia, muito melhor do que aqui.

— E meu pai? E minha escola?

— Teu pai continua aqui, você pode vê-lo sempre que quiser, podem viajar juntos nas férias, ele pode te visitar quando quiser. E quanto às aulas, lá tem boas escolas, é mais fácil conviver com os colegas que se tornam amigos, a vida é mais fácil, entende?

Ela não sabia se o silêncio do filho aos seus argumentos eram positivos ou não. Mas achava um grande passo ter conseguido a atenção e o tempo dele por alguns minutos, longe do computador. E por ela ter conseguido dizer o essencial sem lágrimas.

Apesar disso, Silvia sentia o coração pulsando fora do ritmo, apertando a boca do estômago, formando nós na garganta. Ela não tirou os olhos do filho que se mantinha segurando o copo vazio com as duas mãos. Os olhos castanhos permaneciam abaixados.

A angústia de todos os dias aguardados por aquela conversa, o medo da rejeição do filho e uma pena pela tristeza e pelas dúvidas dele foram, aos solavancos, esquentando o peito de Silvia e saindo pelos olhos dela como pequenas nascentes que engrossam e se transformam em caudalosos rios, resistentes aos guardanapos de papel e às costas das suas mãos.

— Filho, promete pensar com carinho em tudo que a mãe te disse? — perguntou entre soluços abafados.

— Eu não sei mãe.

Pedro deixou o copo sobre a mesa, se levantou e foi para o quarto.

Quem disse que seria fácil? pensou quase conformada com a situação. Pelo menos tinha conseguido falar com Pedro, com Raul, com as sócias. O rio agora parava de escorrer, o peito parava de arfar. Apenas uma dor diferente caminhava dentro dela, como coisas mal resolvidas, dúvidas, medos, preocupações, angústias. Não saberia identificar, só as sentia misturadas e paralisantes.

Desde a conversa com o marido, na quinta-feira, não tinha mais encontrado com ele, que chegava depois do jantar, tomava banho e dormia em outro quarto, saía sem tomar o café da manhã. Silvia preferia assim, pois de outra forma continuariam se agredindo verbalmente e piorando o astral do filho e da casa. E deles próprios.

Salete continuava trabalhando normalmente, como se nada tivesse percebido. Mas era óbvio que ela tinha compreendido a situação. Era uma pessoa experimentada pelas dificuldades da vida. Da periferia onde morava, precisava de três conduções para chegar à casa de Silvia. Deixava os filhos mais velhos cuidando dos menores, alguns na escola, outros sem vaga na creche. Provavelmente vinha pendurada em ônibus lotados, já chegava quase cansada ao trabalho. Silvia sabia bem disso e a respeitava como cidadã, como mulher guerreira, trabalhadora corajosa e de boa vontade. Tinha admiração pelo seu esforço e criara afeição verdadeira por ela. Como forma de compensação mínima, pagava-lhe um salário digno, maior que o padrão médio da categoria, presenteava a ela e aos filhos nos aniversários, nos natais e na páscoa. Dividia com Salete as dificuldades de conversa com Pedro, as preocupações com o tempo gasto no computador. Mas, evitava falar sobre o relacionamento dela com Raul.

Enquanto separava e guardava uma pilha de roupas passadas e trazidas por Salete da lavanderia, Silvia pensava como ficaria a situação da moça se ela e Pedro fossem embora daquela casa. Raul a dispensaria ou a manteria no emprego? Raul continuaria morando ali ou se mudaria? Por outro lado, se Pedro não quisesse ir embora com a mãe, Salete seria fundamental. Ela é quem cuidaria dele na ausência de Silvia. Já não era ela quem lhe preparava o almoço, lhe despachava para a van escolar, cuidava de suas roupas? Silvia deu-se conta de que, nos últimos anos, Salete estava mais próxima do filho que ela própria.

Transcorria o mês de julho quando tudo isso aconteceu. Silvia tinha plantado as sementes do divórcio e das mudanças na vida de todos eles. Foi como o afastamento de duas placas tectônicas no fundo do mar gerando na superfície, por algum tempo, ondas de impacto destruidoras, como tsunamis, avalanches, terremotos. Conversas, discussões, lágrimas, acertos e desacertos, idas e vindas, exigiram-lhe coragem, discernimento, empenho e equilíbrio, que ela buscava na expectativa da mudança para melhor, no apoio dos familiares e no amor de Jorge. E nas orações.

Na véspera de Natal daquele ano, as tempestades tinham se acalmado, as águas e o clima estavam favoráveis. A Lua brilhava próxima na noite de verão, orientando o voo das mariposas e das aleluias nos jardins e nos quintais. Silvia arrumava uma grande mesa para a ceia, com um sorriso insistente nos lábios. Nos dedos contou dez adultos, três adolescentes e duas crianças. Toalha bonita, pratos especiais, copos e taças, castiçais e velas vermelhas, guardanapos decorados de Natal. Quando percebeu impossível tantos lugares à mesa, preparou uma segunda menor com o mesmo esmero que a principal. Seus pais, irmãos, cunhados, sogros da irmã Denise, sobrinhos e o filho Pedro chegariam em breve. Sim, Pedro, que tinha passado o dia na casa dos primos.

Guirlandas coloridas decoravam as portas e janelas; Papais Noéis vermelhos, alaranjados e verdes sorriam espalhados pelos cantos da sala, por sobre mesas e balcões, ao lado de vasos floridos. O pinheirinho de natal brilhava num canto especial da sala com suas luzes, bolas e fitas douradas. Pela casa, os cheiros dos assados e temperos como o manjericão, a sálvia e o alecrim se misturavam aos cheiros doces das sobremesas e das frutas.

A nova clínica em Campos Altos estava sendo equipada. Teria dois consultórios odontológicos, um consultório médico, uma sala menor para atendimento psicológico e outra espaçosa para a fisioterapia. Faltavam chegar alguns equipamentos, mas a maior parte estava preparada para funcionamento no início do próximo ano.

Raul, após muita discussão e troca de acusações, aceitou o fim do casamento. Depois de alguns meses, por iniciativa dele, entregou as chaves da casa na capital para Silvia e o filho e mudou-se para uma cobertura recém adquirida. Estava namorando a advogada Debora, aquela da cena vista por Silvia no escritório dele há algum tempo. E acatou a sugestão de ex-esposa de contratar Salete para cuidar da nova casa.

As sócias de Silvia estavam lhe pagando sua parte na sociedade em diversas prestações, pois de outra forma não conseguiriam.

E Pedro, após tantos solavancos com o fim do casamento dos pais, diante da casa vazia, da nova namorada do pai, novo namorado da mãe, percebeu que a vida não se concentrava na tela do computador e teve que se movimentar também. Levantou-se, olhou para os lados, viu a mãe preocupada, com os olhos vermelhos, se comoveu, a abraçou e aceitou, finalmente, todas as mudanças.

Silvia deu-se conta de que estivera antes infeliz e com a vida estagnada porque deixou o medo e a falta de consciência de seu poder de decisão tomarem conta dela. E, assim, atrapalhou o fluxo de movimento natural da vida, onde todas as coisas e seres estão interconectados e não podem parar. Desde os grãos de areia que se desprenderam das rochas há milênios e continuam se movimentando sob o vai e vem das águas e dos tempos até o movimento das estrelas nas galáxias interagindo e caminhando no Cosmos, nada pode estagnar no universo. Nem as coisas, nem os seres vivos, muito menos as pessoas.

A verdade de que os acontecimentos dos últimos meses foram intensos, inflamados, transformadores e necessários, gritava dentro dela e lhe dava a confiança que brotava persistente em forma de alegria.

Enquanto terminava de arrumar a segunda mesa, com a intensão de que fosse usada pelos adolescentes e crianças, Jorge a abraçou por trás e disse que os assados pareciam prontos. Ela sorriu dizendo confiar no discernimento dele. Ele riu e respondeu que era melhor ela conferir. Afinal, era o primeiro Natal deles juntos em meio à família dela, nada podia sair errado.

Jorge não se lembrava de ter visto antes, como naquela véspera de Natal, sua casa se transformar num belo, animado e aconchegante lar, que esperava em breve fosse definitivo.

Por ora, ao menos, Silvia não quis se mudar para a casa dele e alugou um apartamento para ela e Pedro no andar de cima do prédio onde seria a clínica. O filho precisava de um tempo para se acostumar às mudanças e se afeiçoar a Jorge. E ela preferia, pelo menos por enquanto, ser apenas a namorada.

Estamos agora no final de 2017. Conversei com Silvia recentemente e soube que ela e Jorge estão morando juntos, embora ela não pretenda oficializar. Contou-me também que Pedro passou no vestibular para Tecnologia da Informação e fará faculdade em Curitiba. Que ela nunca mais viu Raul, mas soube por Pedro que ele teve outro filho e vive estressado.

Julia e André se casaram, estão esperando o primeiro filho e juntando dinheiro para comprar um apartamento. Laura terminou o namoro e está fazendo um doutorado na Espanha. Meus pais estão com a saúde precária e os visitamos com frequência. Eu aprendi novos pratos e tento não me prender tanto à rotina quanto antes.

Percebi o quanto a vida foi gentil comigo e me poupou de maiores percalços. Sei que terei que enfrentar, em breve, perdas queridas e importantes, mas por enquanto me apego à alegria pela chegada de novas vidas na família.

Descobrimos que a vida não é uma viagem de férias num veleiro em mares calmos. Pode ser, às vezes, mas não sempre. Na maior parte do tempo, ela trafega entre nós, às vezes frouxos, muitas vezes apertados, que precisamos desatar um a um para seguirmos adiante.

FIM

Leia também, da InVerso:

A ÚLTIMA TEMPESTADE

Laura Viana cresceu nos Estados Unidos, porém retornou ao Brasil para buscar suas raízes e fugir de uma decepção amorosa. Contudo o destino não lhe reservou boas surpresas em sua terra natal e o Texas voltou a ser seu destino, onde teria que remexer velhas feridas e tentar sentir-se segura novamente. *A Última Tempestade* aborda a violência doméstica e psicológica contra a mulher, descrevendo uma dentre milhares de histórias que poderiam ter retratado dramas reais vivenciados por diferentes mulheres. Contudo, o foco deste livro não é apenas a violência doméstica, mas a esperança, o modo como a personagem renasce e recomeça, juntando os cacos de si mesma.

HOJE EU ME VESTI DE VOCÊ

No poema Para sempre, Drummond pergunta "Por que Deus permite que as mães vão-se embora?", já que, ele mesmo afirma, mãe não tem limite, é tempo sem hora, mãe não deveria morrer nunca. Neste livro que você tem em mãos, Mônica Moro Harger celebra o seu convívio com a mãe que partiu, mas nunca deixará de estar, inteira, na filha — e nas linhas delicadas de Hoje eu me vesti de você. São textos que formam uma corrente de sentimentos, reverenciam e consagram o tempo e as vivências partilhadas pelas duas — evocadas, com ternura e sensibilidade, pela autora de Encontros Felizes. Numa era de vínculos doentios, valores espúrios e chagas familiares, esta coletânea é um bálsamo para todos nós, leitores.